Gerold Ruckgaber

Das Erwachen
- Angstesser -

Fantasy-Roman

Impressum

Bibliografische Information der Deutschen Nationalbibliothek:
Die Deutsche Nationalbibliothek verzeichnet diese Publikation in der
Deutschen Nationalbibliografie; detaillierte bibliografische Daten sind
im Internet über http://dnb.dnb.de abrufbar.
© 2021 Gerold Ruckgaber

Herstellung und Verlag: BoD – Books on Demand, Norderstedt
ISBN: 978-3-7448-9502-6

Liebe Leserin, - lieber Leser,

wiederum hälst Du eine neue, phantastische Geschichte von -Birgit und Geralt - in Händen.

Einige Orte und auch Personen werden von mir nicht näher beschrieben,
-denn so ist es nun deiner persönlichen Phantasie überlassen,
wie diese vor deinem geistigen Auge in dieser Geschichte aussehen sollen?

Wie schon in der "Wolves-Trilogie" steht auch wieder vor jedem Kapitel ein Musiktitel.

-Diese stammen nicht unbedingt aus dem Herbst 1978, in dem diese Geschichte spielt!?,
...-sondern stehen entweder vom Titel, -oder vom Text in emotionaler Bindung zum jeweiligen Inhalt des Kapitels.

...-oder sie gefallen mir einfach dazu!!!

-aber jetzt genügend gelabert!?, ...

Viel Spaß beim Lesen!

Das Erwachen

- Angstesser -

1 - Feuer

2 - Wasser

3 - Erde

4 - Luft

Vorwort

Im Himmel herrschte Krieg.

Luzifer, -das von Gott geschaffene, starke, intelligente und herrliche Engelswesen konnte es nicht hinnehmen, -dass Gott, -"Gott" war.

Somit entschloss er sich, sich ihm zu widersetzen und erklärte sich selbst zum "Allerhöchsten"!

Nun entbrannte ein Kampf im Himmel.

Der Erzengel Michael und seine Engel wandten sich gegen den zum Drachen gewordenen Luzifer. So wurde dann der Drache, -der auch Teufel oder Satan genannt wurde, mit seinen Anhängern aus dem Himmel verbannt!

Seither waren diese bekannt als die "Gefallenen Engel".
Sie konnten die Gestalt von Teufeln, Satanen, Dämonen, ...-aber auch von Menschen annehmen.

Den Platz von Luzifer im Himmel sollte nun der erste und einzige weibliche Engel einnehmen.

"Eloa", -ein kindliches Wesen, -angeblich aus einer Träne Jesu Christi geboren, war dazu auserwählt!

Doch auch dies wollte Luzifer nicht zulassen und sandte seine Dämonen aus um es zu verhindern.

Aber auch Gott schickte seinen mächtigsten Engel aus.

Mikkael, den Erzengel.

-Mitsamt seinem Schwert befahl er ihn auf die Erde um die Auserwählte zu beschützen.

Die Bibel sagt:

"...und es entbrannte ein Kampf im Himmel.
Michael und seine Engel kämpften gegen den Drachen; -und der
Drache und seine Engel kämpften; -aber sie siegten nicht, und ihre
Stätte wurde nicht mehr im Himmel gefunden!"
(Offenbarung 12,7-8)

"...er überwältigte den Drachen, -die alte Schlange, -das ist der
Teufel oder der Satan-, und er fesselte ihn für tausend Jahre.
Er warf ihn in den Abgrund, verschloss diesen und drückte ein Siegel
darauf, damit der Drache die Völker nicht mehr verführen konnte,
-bis tausend Jahre vollendet sind.

Danach muss er für kurze Zeit freigelassen werden.
Denn wenn diese tausend Jahre vollendet sind, wird der Satan aus
seinem Gefängnis freigelassen werden...."
(Offenbarung 20,2)

...und nun sind diese tausend Jahre wieder vorüber !

- 1 -

feuer

1 (Angelzoom - Blasphemous Rumours)

"Beiss mich!"

"???"

Birgit saß aufgerichtet neben mir im Bett und blickte auf mich herab.
Ihre Haare waren etwas zerzaust!

Noch leicht schlaftrunken sah ich zu ihr auf.

"Hhm?"

"Beiss mich Geralt!!!",
-jetzt klang es wie ein Befehl.

"Was?
Ich glaub ich hab mich verhört?"
Ich richtete mich ebenfalls auf.

"Ich möchte sein wie Du!
-Vor niemandem mehr Angst haben, -stark sein, -mächtig…!"

"Spinnst Du jetzt, …-oder hast Du schlecht geträumt? …oder träume
ich gerade!?"
Sie hatte es geschafft, dass ich jetzt hellwach war.

"Ja, …ich hab` geträumt!
-Und das schon seit einigen Tagen!
…immer dasselbe!
-… und es wird immer realer!?"

"Okay, … -erzähls mir!"
Ich nahm ihre Hände.

Sie blickte mich an.
"Es wird mit uns wieder etwas Schlimmes passieren!"
Ihre Hand strich jetzt über meinen Bauch.

"Und, … -und ich kann Dich dabei nur retten wenn ich nicht mehr menschlich bin!???"

"Wow!"
In ihren Augen sah ich dass es ihr ernst damit war!

"Ich möchte Dich nicht verlieren!!!
-Ich hab` Dich schon mal losgelassen und es war danach die schlimmste Zeit meines jungen Lebens!"
Kleine Tränchen kullerten ihr über die bleichen Wangen.
Sie hatte jegliche Gesichtsfarbe verloren.

"Geralt, … -ich liebe Dich.
-Deine Familie!
-…Alle um Dich herum!"
Jetzt weinte sie richtig.
"Ich kann mir ein Leben ohne Dich nicht mehr vorstellen!!!"

Ich nahm das kleine Amulett in die Hand, das ihr um den Hals hing.
"Kannst Du Dich noch an unseren Spruch erinnern?
-Egal was…???"

Sie nickte leicht.
"Der ist mir jetzt noch Wichtiger als vorher!!!"
Dann küsste ich sie sanft auf die Lippen, -
stand auf, nahm mein Hemd,
-ging aus dem Zimmer die Treppen runter ins Bad.

"Du gehst einfach so?",
rief sie mir hinterher.

"Hhm!".

-Ich wollte ihr nichts von meinen Albträumen erzählen,
die mich schon seit geraumer Zeit verfolgten!???

…wir hatten seit den Geschehnissen um Ralf eine sehr schöne Zeit miteinander erlebt.

Beide vollendeten wir die Schule und machten unseren Abschluss.
-Und vor kurzem sind wir beide 18Jahre alt geworden.

Wir fuhren gemeinsam mit Ralf und Heike nach Kroatien ans Meer und verbrachten sehr schöne Tage miteinander.

Ich konnte jetzt sogar schwimmen!!!

Die schrecklichen Ereignisse waren sehr, sehr weit weg!

Birgit wohnte seit knapp vier Wochen bei uns.
-(-mir und meiner Mutter).
Wir hatten den kompletten obersten Stock für uns und das Zusammenleben klappte sehr gut.

…-und der Wolf schlief in mir!!!

2 (Loverboy - Working for the weekend)

Es war erst kurz vor sieben Uhr und wir saßen gemeinsam beim Frühstück.

Birgit hatte vor drei Wochen ihr "Freiwillig Soziales Jahr" im Kindergarten in Ay begonnen.

Ich sollte Mitte Januar zum Wehrdienst eingezogen werden, -und Werner (der Vater von Birgit) hatte mir bis dahin eine Aushilfsstelle in einer Fabrik besorgt.

Beide mussten wir um acht Uhr anfangen.

"Des war jetzt vorher aber nicht dein Ernst?
…oder?",
ich pustete in meinen Kaffee und blickte sie fordernd an.

"Hhm!?",
das war jetzt ihre Antwort.

Sie stand auf, räumte ihr Geschirr ab, - und jetzt ließ sie mich sitzen.

3 (P.O.D. - Youth of the Nation)

"Birgit!"
Sie wurde freudig empfangen.

Die Kleine Josie stand im Flur des Kindergartens und hielt ihre kleinen Ärmchen auf.

Josie ging schon seit drei Jahhren in den Kindergarten.
-Aber eigentlich wollte sie gar nicht.
Es verging kaum ein Morgen, an dem es nicht eine kurze Diskussion,
…ein Aber ihrer Mutter, …oder sogar kleine Tränchen gab.

Seit dann aber vor drei Wochen Birgit im Kindergarten begonnen hatte, konnte es Josie morgens gar nicht schnell genug gehen in die Kita zu kommen.

"Na meine Kleine!?",
Birgit strich ihr über die blonden Haare.
Sie war wirklich etwas Besonderes.
-Geralt hatte es schon öfters betont.

Mit anderen Kindern tat Josie sich schwer.
Sie redete kaum ein Wort mit ihnen.
Sobald aber Sie oder Geralt da waren, …da prustete es meistens nur so aus ihr heraus.
-Und das wirklich Besondere war,
…sie strahlte eine Aura aus, die einfach unbeschreiblich ist.

-Und manchmal sah es so aus als ob sie mit einem Schein aus blauem Licht umgeben war!?
Josie strahlte sie an als Birgit in den Gruppenraum kam.
"Wann bringst Du denn Geralt mal mit?
Ich freue mich so ihn wieder zu sehen!"

"Der ist doch beim Arbeiten.
Aber vielleicht holt er mich im Laufe der Woche mal ab."
Freudig hüpfte sie auf- und ab.
"Au ja, -das wär schön!"

Aber es warteten auch noch sechzehn weitere Kinder auf sie in der Gruppe.
Birgit ging nach draußen und blickte zum Himmel.

-Irgendetwas braute sich zusammen!?

4 (Arena - Jericho)

Ich konnte die Erschütterung spüren.
-Außerdem, trotz dem Lärm der Maschinen, konnte ich sie auch leise hören.

Um zehn Uhr hatten wir eine viertelstündliche Pause,
-und ich ging nach oben in den Aufenthaltsraum um mir einen Kaffee zu holen.

Drei meiner Arbeitskollegen standen am Fenster, blickten angestrengt nach draußen und zeigten immer wieder mit den Fingern.

Ich ließ mir einen Kaffee ohne Alles aus dem Automat.

Sirenengeheul drang in meine Ohren.

"Was ist denn los?",
interessiert trat ich zu ihnen ans Fenster.

"Brennt!"
Karl zeigte mit seiner Hand nach draußen.
"Explosion, -Feuer, -Polizei, -Feuerwehr... ."

Vom Fenster aus sah man auf ein kleines Wohngebiet.

Dunkler Rauch und auch vereinzelte Flammen drangen aus einem Schutthaufen, -das aus meiner Erinnerung ein kleines, schmuckes Häuschen war.

"Wow?!, -wie ist denn das passiert?",
-ich blickte auf reges Treiben auf der Strasse.
Polizei riegelte die Strassen ab und die Feuerwehr versuchte unter lauten Anordnungen den Brand zu löschen.
Dunkler Rauch stieg weit in den Himmel.

Ich trank meinen Kaffee aus und ging, -ohne mir weiter was dabei zu denken, zurück an meinen Arbeitsplatz.

5 (Flower Kings - Church of your heart)

Birgit zählte die Kinder durch.

Sechzehn!
-Sechzehn?

Es sollten siebzehn sein!?

Nochmals.

Sechzehn!

Sie ging zur Terrassentüre und blickte in den Garten.

Josie saß wieder einmal ganz alleine im Sandkasten, der um einem großen Baum angebracht war, und schaufelte Sand zu einem großen Haufen.
-Siebzehn!!!

Puh!?!

In einer halben Stunde wurden die Kinder abgeholt.

Sie ging nach draußen und setzte sich neben sie.
"Was baust Du?"

"Eine große Burg!
Für eine Prinzessin und einen Prinz!",
Josie blickte dabei nicht auf und schaufelte weiter.

"Birgit?",
...aus der Terrassentüre wurde sie von Vroni,
-der Kindergartenleiterin, gerufen.
"Kommst Du mal bitte!!!"

Josie schaufelte weiter ihren Sand auf den Haufen und Birgit stand
schnell auf und ging nach drinnen.

Die meisten Kinder waren schon auf dem Flur, zogen sich ihre Schuhe
an und holten ihre kleinen Rucksäcke oder Täschchen.

Fast alle blickten interessiert durch die Glastüre auf den Vorplatz,
-wo mit eingeschaltetem Blaulicht ein Polizeiauto parkte.

Mit besorgter Miene trat Vroni Birgit entgegen.

"Komm bitte schnell mit."
Sie gingen gemeinsam in ihr Büro.

-Birgit begleitet von einem unguten Gefühl in der Magengegend.

-Ja,
...es braute sich was zusammen!?

6 (IQ - Breathtaker)

Mitten in Vronis Büro stand ein noch junger Polizist.
Er hatte seine Mütze in der Hand und blickte immer wieder betreten zu
Boden.

Birgits Gedanken überschlugen sich.

-Werden wir jetzt von der Vergangenheit eingeholt?

Der Polizist räusperte sich.

"Ähm, - sie verstehen sich gut mit der kleinen Josie?"
Vorsichtig antwortete sie.
"Jaa?, ...schon!,...warum?"

Er schluckte schwer bevor er antwortete.
"Es ist etwas Schlimmes passiert!"

Sie bekam ihre Bestätigung.
Es hatte sich was zusammengebraut!!!

"Es gab eine Explosion!"
Er drehte die Mütze zwischen seinen Fingern.
"Die Eltern und auch der kleine Bruder von Josie sind dabei ums Leben gekommen!"

Birgit zog es den Boden unter den Füßen weg, -ihr wurde schwindlig, und sie schlug die Hände vors Gesicht.
Vroni nahm sie sofort am Arm und setzte sie auf einen Stuhl.

Totenstille.
-Im wahrsten Sinne des Wortes.

"Aber was, -warum...?"
Birgit wusste nicht so genau was sie sagen sollte oder konnte.

Ihr fehlten einfach die Worte und sie war nur noch bei Josie.
"Man kann zum jetzigen Zeitpunkt noch nichts genaues sagen. Es gab eine Explosion und diese zerstörte das komplette Haus.
Die Feuerwehr hatte den Brand sehr schnell unter Kontrolle bevor es auf weitere Gebäude übergreifen konnte.
Aber es wurden leider drei Leichen geborgen, die einwandfrei identifiziert werden konnten.

Die Hintergründe warum und wieso es dazu kam, sind bis jetzt aber noch nicht bekannt!?

-Tut mir sehr leid!"

Birgit krümmte sich auf ihrem Stuhl.

Der Polizist fuhr fort.
"Ich werde Josie jetzt mitnehmen müssen!"

Bei diesem Satz sprang Birgit auf.
"Nein! -Niemals!"

Sie stellte sich vor die Türe.
"Josie geht mit mir.
Ich werde nicht zulassen dass sie in ein Heim oder ähnliches kommt!?
Ich werde sie vorerst mitnehmen!!?"

Sie sprach es spontan,
...-ohne zu überlegen,
-sondern aus reinem Herzen!!!

Josie saß immer noch im Sandkasten und schaufelte vor sich hin.

Der Polizist nickte kurz.
Irgendwie wirkte er erleichtert!?

"Bitte melden sie sich dann morgen bei mir, -vielleicht wissen wir dann schon mehr und konnten auch schon Angehörige ausfindig machen!?"

"Sie ist bei Birgit in guten Händen!"
Vroni stand Birgits Wunsch bei.

Okay, -dann überlasse ich die Kleine vorerst ihnen!"
Bitte schreiben sie mir noch ihre Kontaktdaten auf!"

Der Polizist überreichte Birgit einen Stift und einen kleinen Block.

Birgit tat was er sagte, bedankte sich bei ihm und schnaufte ein paar
Mal ein und aus.
Sie blickte kurz zu Vroni.
Diese nickte traurig.

"Na dann wollen wir mal!"

Mit kleinen Tränen in den Augen und wackeligen Knien ging sie
langsam nach draußen.

7 (Geddy Lee - The Angel Share)

"Josie?"

Birgit setzte sich neben sie in den Sand.

Diese blickte nicht auf,
…-sondern fast schon ferngesteuert warf sie weiter eine Schaufel Sand
nach der anderen auf den Haufen.

"Meine Mami kommt nicht, …-oder???"

- Na klar, …-machs mir halt noch schwerer!!?,
dachte Birgit.
(…aber woher…?)

"Ähm, …nein.
Und, -und sie wird heute auch nicht mehr kommen!?"

Ein riesiger Kloß setzte sich in ihrem Halse fest.
Jetzt legte Josie ihre Schaufel weg und drehte sich zu ihr.

"Sie ist tot!!!
Darum kommt sie nicht!
-Genauso wie Papa und Noah!!!"

"Josie, -komm zu mir."

Birgit hielt ihre Arme auf und die Kleine schlüpfte sofort zu ihr.
Sie drückte sie fest an sich.

"Hey, hey, …du erdrückst mich ja!"
-Und warum weinst Du denn???"
Birgit konnte nicht mehr anders.

"Hör mir jetzt gut zu, - und gemeinsam müssen wir stark sein!"
Sie flüsterte es Josie ins Ohr.

"So wie Geralt!?",
…sie flüsterte zurück.

"Ja!",
…die Tränen bei Birgit wurden größer.
"Ja, -…genauso stark wie Geralt!!!"

Mit ihr im Arm stand Birgit auf und ging zurück in den
Gemeinschaftsraum.
„Ja es stimmt, es ist etwas Schreckliches mit deinen Eltern und Noah
passiert."
Traurig schaute Birgit Josie an.
„Aber woher weißt du es???"

„Ich weiß es halt!!!"
Bestimmend entgegnete diese.
Keine Spur von Trauer?!

„…woher???"
Birgit forschte nach.
Erkenntnis lag in Josies Stimme und stoisch, -fast mechanisch,
…versuchte sie ihre Schuhe anzuziehen.
Momentan fehlten Birgit die Worte.

Woher? und…Wieso?
…das konnte doch nicht sein!?

„Ich nehme Dich mit.
Du kannst vorerst mit zu uns kommen!."

Josie schaute von ihren Schuhen auf.
„-Zu dir und zu Geralt?"

Birgit nickte.

„Okay!"
-...ein leichtes Lächeln???

8 (Grey Lady Down - Given Away)

Als ich von der Arbeit kam saßen sie alle drei in der Küche.

Ma, Birgit und ...Josie!?!

Verwundert blickte ich sie an.

„Hallo Geralt, ...ich darf bei Euch bleiben hat Birgit gesagt!"
Freudig strahlte sie mich an.

„Hhm!?, ...was, ...warum?"

Birgit stand auf.

„Komm mal kurz mit."
Sie nahm mich am Arm und führte mich aus der Küche ins
Wohnzimmer.
In kurzen Sätzen erzählte sie mir was passiert war.

„Hhm,
-ich hab die Explosion gespürt und von unserem Fenster im
Aufenthaltsraum konnte ich das Haus,
-oder besser gesagt das was davon übriggeblieben ist, - sehen.
Ich hab aber nicht gewusst dass es das Elternhaus von Josie war!?"

„Sie sind alle drei tot.

-Ihre Eltern und der kleine Noah."
Birgit hatte wieder Tränen in den Augen und ich nahm sie in den Arm.

„Wie hat es Josie aufgenommen und wie geht es ihr?"
Sofort löste sie sich von mir.

„Sie hat es gewusst!?"
Sie holte tief Luft.

„Als ich es ihr erzählen wollte hat sie nur gesagt;
…"Ich weiß!",
…ist aufgestanden und mit mir mitgegangen.
Sie hat vorher ein wenig gegessen und ihre ersten Worte seitdem,
waren die Begrüßung an Dich!?"

Ich konnte ihre Ungläubigkeit erkennen und auch noch einige
Fragezeichen dahinter!?

„Und nun?",
ich ging mit ihr zurück.
„Keine Ahnung.
-Das sollten wir heute Abend besprechen!"

Wiederum freudig wurden wir von ihr empfangen.
„Geralt, -bitte setz dich neben mich!?"
Sie rutschte und deutete mir den Platz.
Die ganze Zeit ließ sie mich nicht mehr aus den Augen, -verfolgte
unsere Gespräche, -redete aber selbst nichts!

9 (AC/DC - Hells Bells)

Der Wolf schlief schon lange!

-Seit über sechs Monaten war mit mir nichts mehr passiert.

Aber nun war ich geschockt und angespannt!

Alarmglocken schrillten in mir und mein Blut raste durch meine Venen.

Ein beunruhigendes Gefühl machte sich in mir breit.

-Der Wolf in mir erwachte wieder!!!

10 (GTR - When the heart rules the mind)

Langsam sank ihr Kopf immer weiter auf meinen Schoß.
Ich nahm ihre kleinen Füße, legte sie auf die Bank und bettete ihren
Kopf in ein kleines Kissen.
Minuten später war sie eingeschlafen.

„Wir nehmen sie mit hoch zu uns!",
flüsterte Birgit zu meiner Mutter.

Diese nickte.

„Ich schlaf` in Ralf seinem Bett und Du kannst sie mit in unseres
nehmen.",
sagte ich zu Birgit.
Auch sie nickte.

Ich nahm Josie sachte hoch und trug sie nach oben.
Ihr Atem ging langsam und ruhig,
-aber ab und zu durchströmte sie ein leichtes Zittern.

Birgit packte sie ins Bett und legte sich daneben.
„Ich geh nochmal nach unten.",
sanft strich ich Josie übers Haar und gab Birgit einen Kuss.

„Ich komm auch nochmal, -sobald sie fest schläft!"
„Okay.",
leise stand ich auf und ging nach unten.

Ich holte mir ein Bier aus dem Kühlschrank und setzte mich zu meiner Mutter an den Tisch.

Es dauerte nicht lange da kam auch Birgit in die Küche.

„Sie schläft tief und fest!",
sagte sie und schenkte sich ein Glas Rotwein ein, den Ma geöffnet hatte.

Längere Zeit redeten wir nichts,
-und ich fing wieder einmal an das Etikett meiner Flasche abzurubbeln.

„Sie ist ein tapferes Mädchen!",
Ma brach das Schweigen.

Birgit nickte.
„Ja, ...-aber woher hatte, ...-oder woher konnte sie es wissen?"

Wieder Schweigen.

„-Es war kein Unglück!!!"

-Sofort hatte ich wieder mein Publikum.
Die beiden blickten mich fragend, ...-aber auch erschrocken an!?

„Irgendetwas passiert, ...-oder wird passieren!?
-Und Josie ist der Schlüssel dazu!!!"
Ich stand auf und holte mir ein weiteres Bier.
Ich atmete kurz und flach.

„Der Wolf in mir ist wieder erwacht!!!"

11 (IQ - Darkest Hour)

„Mami!"

-Markerschütternd!?

„Mami!!!"

Sofort war ich hellwach.
Birgit hatte ein kleines Nachtlicht brennen lassen.

Josie saß aufrecht im Bett, -die Augen weit aufgerissen.

„Mami, -ich will zu meiner Mami!"

„...Schscht!"
Birgit nahm sie in den Arm.
„Schon gut, ...ich bin da Josie!"

„Wo ist meine Mami?"
Tränen liefen ihr über die kleinen Bäckchen.

Ich stand auf und setzte mich zu ihnen auf die Bettkante.

„Warum sind sie tot?"
Sie seufzte kindlich und kuschelte sich sofort an Birgit.
Ihre Augen schlossen sich und trotzdem redete sie weiter.
„Das haben sie doch nicht verdient,
-und Noah war doch noch so klein!?"

Jetzt sprach sie im Schlaf, ...-träumte, ...!?
„...-er hat mir Angst gemacht und Noah und ich haben uns vor ihm
versteckt!"

... - wer? hat ihr Angst gemacht???

Meine Sinne arbeiteten sofort auf Hochtouren und Birgit blickte mich
interessiert an.

-Wen meinte sie?, ...von wem redete sie?
Josie brabbelte weiter vor sich hin.

„...-wo ist die Kleine?,
...-wo hab`t ihr sie versteckt?

-Ich finde sie auch ohne Euch!"
Ihre Stimme hatte einen eigenartigen Klang, …-wie wenn sie jemanden imitierte!?

Selbst durch ihre geschlossenen Lider konnte ich ihre Augen hin- und her rollen sehen.

Sie war aktuell in ihrer eigenen Welt.

Ihr kleiner Körper bäumte sich auf und ich spürte ihren innerlichen Widerstand.
Sie kämpfte mit ihrem Albtraum!

„Josie?",
leise flüsternd nahm ich ihre Hand und strich ihr sanft darüber.
„Josie,
-ich bin`s, -Geralt!"

Sofort entspannte sie sich.
„Geralt!,
-…Geralt, …halt mich fest!"
Ihre Augen waren noch immer geschlossen.

„Lass es nicht zu dass mich der „Dunkle" holt!!?"
Sie drückte meine Hand.

-Jetzt sah ich Birgit fragend an.

„Josie, …-ich bin da und werde dich beschützen!
-Niemand wird dich holen!"
Ich nahm sie Birgit aus den Armen, hob sie zu mir und stand mit ihr auf.
Langsam ging ich mit ihr durchs Zimmer.

„Ja! …",
es war nur noch ein leises Flüstern von ihr und ihre Augen waren noch immer geschlossen.

„-ja Geralt.,
… -der Wolf wird auf mich aufpassen!"

Ihr Körper entspannte sich und sie schlief wieder ein.

12 (NOW - Children of a dying world)

„Was war das denn?"
Birgit fragte es leise, als ich Josie zurück ins Bett gelegt und in die
Decke eingewickelt hatte.

„Hhm!?,
-….es geschieht etwas Sonderbares!
Aber ich werde noch nicht schlau d`raus!?"

Nachdenklich holte ich meine Decke und legte mich zu ihnen auf
meine Isomatte, die neben dem Bett lag.
Nach kurzer Zeit vernahm ich das gleichmäßige Atmen der Beiden.

Meine Gedanken drehten sich wieder im Kreise.

-Woher wusste Josie es schon?
-Der Dunkle?
…-wen meinte sie damit?

Wiederum um sieben war die Nacht zu Ende.

Josie schaute sich zwar etwas verwundert um,
-aber ohne ein Wort setzte sie sich mit uns an den Frühstückstisch.

Ma war schon beim Bäcker und hatte frische Semmeln und Brezeln
geholt.

„Heute kommt die Polizei wieder bei uns in der Kita vorbei.
Bin gespannt, ob es schon neue Erkenntnisse gibt!?"
Birgit reichte mir eine Brezel.

„Okay!?,
-ich kann heute etwas früher aufhören und komm dann auch bei Dir in
der Kita vorbei!"
Josie nickte nur kurz und kaute an einem trockenen Semmel.

Sie hatte die ganze Zeit noch nichts gesprochen,
-und wir wollten sie auch nicht mit ihrem Traumgespräch belasten.

Birgit blickte sie mitleidig an.

Ma stand auf und ging zum Kühlschrank.
„Ich hab noch ein paar Wienerle.
Die kann ich Dir für Josie zum Mittagessen einpacken?"
Birgit nickte.

„Wenn ich dann vom Arzt komme kann ich an der Unglücksstelle
vorbeigehen!
Vielleicht ist irgendwas an Sachen da, die man noch verwenden kann.
Ich denke da vor allem an Bekleidung für Josie."

-Jetzt wo sie es sagte!?
-Aktuell hatten wir ja außer ihren Sachen die sie am Körper trug, -und
ihrem kleinen Rucksack, nichts von oder für sie.

„Hhm!
… - ja, das ist gut.
-Ich werde mir die Unglückstelle auch anschauen,
-vielleicht…!?"

Mehr wollte ich vor Ma nicht sagen,
...-aber Birgits Blick sagte mir, dass sie genau so dachte wie ich.

Um kurz vor acht gingen wir gemeinsam los.
Ich nahm Josie an der Hand, die bereitwillig neben mir her lief.

Am Kindergarten verabschiedeten wir uns.

„Kommst Du mich heute noch besuchen?"

Josie blickte mit fragenden Augen zu mir auf.

„Klar -Versprochen!"

13 (Rush - Closer to the heart)

Ich war zwar körperlich bei der Arbeit anwesend, --aber gedanklich war ich ganz woanders.

Relativ schnell wurde es vierzehn Uhr.
Ich hatte die letzten Wochen immer wieder eine Stunde mehr, -so dass ich heute früher gehen konnte.

Die Unglücksstelle war weiträumig abgesperrt.
Kalter Rauch und immer noch leichter Gasgeruch lag in der Luft.

-Aber auch noch etwas anderes, -noch undefinierbares!?

Vom Haus war nichts mehr zu erkennen.
-Verkohlte Einrichtungsgegenstände, -Mauerwerk, -Dachschindeln, ...und, und, und, lagen weitverstreut.
Polizei, und ich vermutete dass es Sachverständige auf der Suche nach der Ursache waren, -stöberten ganz wichtig durch die Ruinen.

So wie sich alles vor mir darstellte, -zweifelte ich daran, -noch einen brauchbaren Gegenstand zu finden!?

Viele Schaulustige standen am Rande der Absperrungen und es wurde getuschelt und auch schon einige Mutmaßungen geäußert.

„...vielleicht haben sie vergessen, den Gashahn abzudrehen?"
„...man sollte halt mit Gas auch umgehen können!?"
„...-wir haben schon lange auf Elektro umgestellt!"
„...wer weiß, ...die hatten doch mit der Mafia zu tun!?

-Vor drei Tagen gingen da einige Personen in schwarz ein- und aus,
. ...-und der Vater hatte ja eh einen südländischen Einschlag!?"

Ich saugte alles in mir auf,
-...aber bei dem letzten Satz wurde ich mehr wie hellhörig.

Ich stellte mich neben die Gruppe und hörte aufmerksam zu.

„...-ich habe nicht gesehen wie und wo die hergekommen sind.
Aber einer von ihnen blieb an der Gartentüre stehen und der andere
ging nach drinnen. Sie hatten alle lange schwarze Mäntel mit Kapuzen
an und waren in der Dunkelheit fast nicht zu erkennen.
...-Aber egal, was und mit wem sie verkehrten, ...-das hat die Familie
nicht verdient.

-Die Kinder waren beide sehr, sehr nett!"

Ich hatte genug gesehen und vor allem gehört,
...-drehte mich um und ging in Gedanken versunken Richtung
Kindergarten.

Meine Unruhe verstärkte sich!
...-Explosion,
...-schwarze Männer,
...-Natascha, ...-Nikolai,
...-Noah, ...-Josie!
...-der „Dunkle!?"

Ich klingelte an der verschlossenen Eingangstüre der Kita und nach
kurzer Zeit öffnete mir Vroni.
„Hallo Geralt, schön dass Du vorbeischaust."

„Ja, ist doch schon eine Weile her.
-Aber ich habs Josie heute versprochen!"
Vroni nickte.
„Traurige Sache mit ihr und ihrer Familie, -die Arme!
Ich hoffe sie kommt drüber weg und sie finden jemanden aus ihrer
Verwandtschaft der sich um sie kümmern kann?"

Wir gingen durch den Flur.
„Vorerst kann sie ja bei uns bleiben, ...-und mal sehen wie e sich weiter entwickelt!"

Vroni nickte und bedankte sich dafür.

„Birgit ist in der Küche, -aber Josie sitzt mal wieder im Sandkasten. Cosima ist bei ihr und sie bauen an einer neuen Burg!
Sie hat aber heute noch kein Wort gesprochen!"

Wir betraten den Gruppenraum und die meisten Kinder blickten interessiert zu mir.
Einige riefen meinen Namen und winkten mir zu.

Ich ging zu Birgit, die etwas abseits in der kleinen, offenen Küche stand und die Mikrowelle putzte.
Wir begrüßten uns mit einem flüchtigen Kuss, -und sofort fingen einige der Kinder zu kichern an.

„Hey, -hat eure Putzfrau Urlaub?",
ich blickte dabei auf den Lappen in ihrer Hand.
„Nein,
-mir ist da ein kleiner Fauxpas passiert mit Josies Mittagessen!?"
Sie lachte.

„Ich hab ihr zur Mittagszeit die Wienerle auf einem Teller in die Micro gestellt.
Voll aufgedreht!
-Natürlich hab ich nicht an einen Deckel gedacht!?
-Und, Puff, -auch hier gab`s ne kleine Explosion und das Ergebnis kannst ja sehen.
Josie hat zwar nichts gesagt, -aber es hat nicht gerade zur Besserung beigetragen!?
...-und um dem ganzen die Krone aufzusetzen hat noch irgendjemand Josies Sandburg plattgemacht.
Es sah aus wie wenn sich jemand draufgeschmissen hätte.
...-eines von den Kindern war es jedenfalls nicht!?"
Sie rollte jetzt genervt mit den Augen und putzte weiter.

„Ich geh` mal raus zu ihr."

Birgit nickte.

Als ich mich umdrehte ahmten einige der Kinder einen Kussmund nach und grinsten mich an.
Ich grinste zurück und ging nach draußen.

Josie warf wieder eine Schaufel Sand nach dem anderen auf einen neuen Haufen und Cosima saß neben ihr und erzählte gestikulierend.

Schon von der Terrassentüre konnte ich alles hören.

„...-und wenn du dann fertig bist, dann können wir Prinz und Prinzessin spielen.
Mit Hochzeit, mit Kutsche, Pferden und so?
-Das wär doch schön, -oder?"
Ihre Hände beschrieben einen großen Kreis und sie blickte immer wieder aufmunternd zu Josie.

Ich trat näher und pfiff leise durch die Zähne.
Sofort drehten sich beide um.

Josie sprang auf und klammerte sich gleich an eines meiner Beine.
„Geralt!
...Geralt, schön dass du mich besuchen kommst!
-Aber du hast es auch versprochen, ...-und was man verspricht muss man halten!"
Es sprudelte nur noch so aus ihr heraus.

Vroni stand im Türrahmen und schüttelte unverständlich den Kopf.

„Unglaublich!",
sagte sie zu Birgit, die sich neben sie stellte.

„Ja, ...die zwei haben einen besonderen Draht zueinander!"
Birgit lehnte sich an den Türrahmen und beobachtete.

„Geralt, -warum redet Josie nicht mit mir?
...die schaufelt nur Sand!?"

Cosima zog beleidigt an meinem anderen Hosenbein und blickte mich an.

Ich ging in die Hocke und drehte mich ihr zu.
„Cosima, ...das musst du verstehen.
Josie ist was schlimmes passiert!"
Cosima nickte.
„Ja, ...-Vroni hat uns heute was erzählt."

„Du wärst doch auch traurig, wenn plötzlich deine Familie nicht mehr da wäre und du alleine bist?
...-und dann hat noch jemand ihre Sandburg zerstört!"
Cosima nickte, drehte sich zu Josie und strich ihr zärtlich über die Haare.
„Komm wir bauen weiter!"

Sie nahm Josie bei der Hand und sie liefen zum Sandkasten zurück.
Vroni und Birgit nickten mir von der Terrassentüre zu.

„...-Aber Geralt ist auch Besonders!!?"
Vroni blickte zu Birgit.

„Ja, ...-das ist er tatsächlich!",
antwortete diese stolz.

-2-

Wasser

14 (Saga - Angel)

Mit einem leichten Luftzug kündigte er sich an.

Es raschelte in den Blättern des großen Baumes über dem Sandkasten und es lag ein leises Pfeifen in der Luft.

-Er war zu schnell.

Trotz weit ausgebreiteter Flügel wurde er nicht langsamer?

Verzweifelt drehte er sich in der Luft.

-Er wird in den Baum krachen!?

Die kleineren Äste des Baumes waren noch nicht so schlimm?

-Aber ab der Mitte tut`s weh!

...Manche dicken Äste bremsten seinen Fall,
-schleuderten ihn herum.
Ein letzter großer Ast kam ihm quer zu seiner Magengrube und wie beim Reckturnen drehte es ihn um die eigene Achse.

Zu seinem großen Glück wurde sein Aufprall aber von einem hohen Sandhaufen abgebremst!

Mit Wucht krachte er hinein,
...-dass es nur noch so staubte!!!

Unbeweglich und tief atmend lag er dann erstmal da.
Seine Flügel hatte er kurz vor dem Aufprall eingezogen.

Er schnaufte die leichte Sandfontäne ein, die er aufgewirbelt hatte.

-Nach kurzer Zeit reckte und streckte er sich.

„Warum konnte sich das Portal nicht am Boden öffnen???",
dachte er bei sich.
Zähneknirschend stand er langsam auf.

Seine komplett schwarzen Klamotten waren mit einer feinen
Sandschicht überzogen.
-Er klopfte sie ab.

Sofort griff er sich dann in einer flüssigen Bewegung über die Schulter
unter seinen langen schwarzen Mantel, - und zog ein hell glänzendes
Schwert hervor.

Er hielt es ehrfürchtig vor sich, -drehte es im hellen Sonnenlicht und
kontrollierte es auf irgendwelche Beschädigungen.

In seinen strahlenden, hellblauen Augen spiegelte sich der makellose
Glanz des Stahls wieder.
-Schnell und zufrieden steckte er es zurück.

Dann blickte er in alle Richtungen und sog tief die Luft ein.

Er nahm Witterung auf, -sprang über die Hecke und den Zaun und
verschwand.

15 (Saga - Don`t be late)

Ich ging zurück zu ihnen.
Birgit sah mich fragend an.

„Ich war vorher kurz an der Unglücksstelle.
-Hab interessantes erfahren und aufgeschnappt."
Mehr wollte ich ihr im Beisein von Vroni nicht erzählen.

„Nimmst du heute Josie wieder mit nach Hause?",
fragte ich sie.

„Ich will nachher noch bei Ralf an der Baustelle vorbei, -die Jungs kommen heut auch zum Arbeiten!"

Ralf hatte in der Zwischenzeit seinen Chefposten im Jugendhaus aufgegeben.
Mit etwas finanzieller Unterstützung unserer Mutter hatte er vor zwei Monaten das „Bräustüble" in Ay gepachtet und war nun aktuell dabei dies zu renovieren und für seine Bedürfnisse herzurichten.

Für heute hatten wir, -die Jungs und ich, -uns angemeldet um seine Holzlamellen im Gastraum abzuschleifen und neu zu lasieren.

„Bis wann denkst du dass Du dann kommst?"
Birgit zog mich zur Seite.
„Möchte schon noch wissen was du erfahren hast?"

„Ich komm nicht spät. -Möchte Josie auch mit ins Bett bringen!
Werde aber auch mal alle fragen ob die noch irgendwelche brauchbaren Sachen für Josie haben.
Aus den Überresten war nichts mehr zu gebrauchen, und es sieht verheerend aus!"

Birgit nickte.
„Die Polizei war heute vormittag auch wieder da, -
aber die haben noch keine neuen Erkenntnisse.
Vorerst darf Josie bei uns bleiben!
Hab` aber das Gefühl, dass es ihnen grad recht ist, dass wir Josie momentan bei uns haben!?"

16 (Schwoißfuaß - Oinr isch emmr dr Arsch)

Ich ging ohne mich von Josie zu verabschieden.
Denn wahrscheinlich hätte sie mich ohne Theater nicht gehen lassen!?

Kurz vor siebzehn Uhr war ich dann am Bräustüble.
Die Eingangstüre stand wagenweit offen und dünner Staub zog mit leichter Fahne nach draußen.

Schleif-, Hammer-, und Bohrgeräusche waren nicht zu überhören.

Ralf stand mitten im Raum, die Haare zum Zopf gebunden und wischte sich den Staub aus den Augen.

Schaufel, Fräulein und Schädel knieten vor den Holzverkleidungen der Heizung und hielten Schleifpapier in der Hand.

Freudig wurde ich begrüßt.
„Endlich kommt die Ablösung!!!
- Feierabend!"
Fräulein warf sein Schleifpapier in die Ecke und stand auf.

„Ja klar! ...so siehts aus! Das hättest Du wohl gern!?"
Ich ging zu ihnen und klatschte sie ab.

„Hey Großer, schön dass du da bist! ...-wir reden später!"
Das war alles was Ralf zu mir sagte.

Steffi und Conny standen im Nebenzimmer und hielten eine große Vorhangstange hoch,
-und Heike versuchte die Ösen der Vorhangschlaufen darauf einzufädeln.

„Hi Ihr!",
meine Begrüßung für sie fiel relativ kurz aus,
-aber trotzdem drehte sich Steffi freudig zu mir um.
Die eingefädelten Schlaufen rutschten dadurch wieder von der Vorhangstange.

„Super! ...-Klasse!,
-kaum kommt ein attraktiver Mann vorbei, dann lässt Steffi alles stehen und liegen!"
Heike blitzte sie an.

„Stimmt doch gar nicht!",
mischte sich da Ralf ein.
„...dann hättet ihr ja gar nicht erst zu arbeiten anfangen können!?"
...--und stolz wie ein Gockel lief er durch den Raum.

„Sorry!",
meldete sich dann Steffi kleinlaut und hob den Vorhang wieder auf.

„Was kann ich machen?",
meine Frage galt sowohl Ralf als auch Heike.

Alle Köpfe gingen nach meiner Frage grinsend nach oben.

„TOILETTE!!!",
schallte es mir einhellig entgegen.

„Oinr isch emmr d`r Arsch, -ond er woiß ed mohl warom!?",
dachte ich dann bei mir.
Aber ich bedankte mich artig und machte mich mit Eimer und
Putzsachen auf den Weg.

Es hatte aber auch was Gutes!?
Ich war alleine und konnte das Geschehene und meine Gedanken
sortieren.

-Kurz nach acht Uhr kam Ralf mit einer Kiste Bier in den Gastraum.
„Vielen Dank für eure Hilfe!"
Fräulein war der erste der sich eine Flasche krallte.

17 (Magnum - On a Storytellers night)

In kurzen Sätzen erzählte ich ihnen dann was passiert war und
verabschiedete mich dann schnell.

„Hey Ralf, -wir reden morgen nochmal.
Ich komm nach der Arbeit wieder vorbei."

Er sah mich fragend an.
-Aber auch Steffi beobachtete mich dabei ganz genau,
...-und ich wurde das Gefühl nicht los, -dass auch sie schon alles
wusste!?

Sie sah mich durchdringend an und es war, -als wäre sie in meinen Gedanken!?
Schnell drehte ich mich um.

Heike winkte noch aus der Küche und ich ließ die Jungs mit ihrem Kasten sitzen.

Auf dem Heimweg gingen mir die unmöglichsten Gedanken durch den Kopf.

Ich hatte an den Ruinen mehrere noch undefinierbare Gerüche wahrgenommen, die ich einfach nicht zuordnen konnte,
-die mich aber innerlich aufwühlten und mir noch immer in der Nase hingen.

Einen der Gerüche nahm ich heute Nachmittag am Sandkasten im Kindergarten wieder wahr!?

Mein Gefühl sagte mir immer deutlicher dass es sich wirklich nicht um ein Unglück handelte,
...-sondern dass mehr dahinter steckte!?

Birgit war noch wach und saß mit Ma in der Küche.

„Josie?",
ich setzte mich zu ihnen.

Ma blickte mich an.
„Sie ist im Bett und schläft.
Ich hab ihr ein leichtes Schlafmittel in ihren Saft gemischt.
-Dr. Fahrenschon hat es mir empfohlen.
Mit ihm hab` ich heute Mittag telefoniert und ihm alles erzählt."

„Hhm, ...das ist gut!"
Ich überlegte kurz.
„Ja, ...das war eine gute Idee!"

Ich ging kurz nach oben und blickte ins Zimmer.

Zugedeckt bis zum Hals lag sie eingemümmelt in eine weiche Decke.
Ihr Atem ging gleichmäßig und ruhig.
Ihr Gesicht schimmerte hell im feinen Nachtlicht das auf meiner Ablage
brannte.
Leise drehte ich mich um.

„Geralt?",
es war nur ein leises Flüstern und ihre Augen waren jetzt auf.
„-schön dass Du jetzt da bist!
-Erzähl mir noch eine Geschichte!?"

Ich setzte mich neben sie aufs Bett und nickte.
„Okay, …aber dann wird sofort geschlafen!
-Hhm, -lass mich mal überlegen?"
Ich legte die Stirn in Falten.

„Wie wär's mit der Geschichte vom „Wolf und der schönen Zauberin?"

„Au ja",
antwortete sie freudig, -aber doch schon schlaftrunken!
„Das hört sich schön an!"

Ich begann mit leiser Stimme zu erzählen und bereits nach kurzer Zeit
schlief sie tief und gleichmäßig.

„Schlaf schön!",
flüsterte ich ihr zu und zog die Decke hoch.
Dann stand ich auf und langsam und nachdenklich ging ich wieder
nach unten in die Küche.

Es war jetzt kurz nach neun.

Auf der letzten Treppenstufe hatte ich wieder diesen komischen Geruch
in der Nase.

Und jetzt wusste ich was es war!

-Es roch nach Rosen???

Komisch,
-wir hatten aber nirgendwo Rosen stehen.
Weder im, -noch um`s Haus!?

18 (Nightwish - Amaranth)

Es läutete an der Haustüre.

Ich warf einen kurzen Blick zu Birgit und Ma in die Küche.
Die blickten mich fragend an und zuckten beide mit den Schultern.

Hhm, -Ralf hatte doch einen Schlüssel?!

Das Treppenlicht zum Eingang war an und ich konnte durch die
Milchglasscheibe eine große Gestalt erkennen.
Schnell öffnete ich die Türe, bevor es ein weiteres mal klingelte.

Zuerst sah ich nur einen schwarzen Schatten.

Meine Nackenhaare sträubten sich und in meinem Körper herrschte
Alarm.
Sein Gesicht war unter einer Kapuze verborgen,
-aber blaue Augen blitzten mir darunter entgegen.
Mit einem leichten Kopfnicken,
-mir erschien es wie eine Art der Ehrerbietung,
-redete er mich mit klarer Stimme an.

„Werter Herr, …ich möchte zu Eloa,
-der Gebieterin des Lichts,
…geboren aus einer Träne Jesu Christi."

Ich legte die Stirn in Falten und während ich seine Worte verarbeitete
musterte ich ihn von oben bis unten.

Komplett in schwarz,
-langer Mantel mit Kapuze,
-Lederhose und leichte Stiefel.

Aber aus dem Kragen seines Mantels ragte ein edel verziertes Heft eines langen Schwertes hervor.

„...-sie weilt in Ihrem Hause und ich komme um sie mitzunehmen!"

-Jetzt war erst Alarm!!!

-Aber ich konnte seine Worte noch immer nicht verstehen.

„Äh, ...Hhm???"
...-Apfelbaum?
(...meine neueste Antwort auf unverständliche Fragen!)

„ -Entschuldigung, ...-was willst Du, ...-und wer bist Du überhaupt?"
...instinktiv und unmerklich atmete ich zwei-, dreimal flach aus und ein.

Ich hielt mich links und rechts am Türrahmen fest und meine Finger an meinen Händen wurden zu messerscharfen Klauen.

Er hob den Kopf, -
zog seine Kapuze nach hinten und seine strahlenden Augen hefteten sich an meinen fest.
Lange schwarze Haare umrahmten ein schmales, kantiges und hellhäutiges Gesicht.

„Ich bin Mikkael, ...erster Engel des Herrn!!!"

Eine eigenartige Aura umgab ihn.

In der Zwischenzeit spitzelten Birgit und meine Mutter durch die leicht geöffnete Küchentüre und beobachteten fasziniert das Szenario.

„Geht bitte zur Seite und lasst mich zu Eloa!
Ich kann sie riechen und spüre ihre Anwesenheit!"
-Trotz der Bitte hatte seine Stimme eine neue Tonart angenommen.

Ja, -aber ich konnte ihn auch riechen!
-Aus ihm strömte der Rosenduft!

Und -Nein, ...-ich lasse ihn nicht kampflos vorbei!!!

„Okay!?..., -verstehe!"
(-oder auch nicht!!?)
„Ähm, ...-ich bin Geralt, -und ich weiß jetzt nicht was ich sagen soll?"

Er trat die letzte Eingangsstufe nach oben und baute sich vor mir auf.
Größenmäßig und körperlich war er mir überlegen.

Der Schwertknauf glitzerte bedrohlich!

Ich ließ den Türrahmen los und stellte mich ihm entgegen.

Mit Leichtigkeit drückte er mich zur Seite.

Zu meinem Unglück stand links von mir ein großer Schirmständer in den ich rücklings hinein stolperte.

Behende und mit wallendem Haar und Mantel ging er an mir vorbei und eilte die Treppen hoch.
Dabei sog er tief die Luft durch die Nase.

Birgit riss die Küchentüre wieder auf, die sie schnell geschlossen hatte, als er hereineilte.
Sie lief zu mir und half mir wieder auf die Beine.

-Peinlich!!!

19 (Yes - Awaken)

Als ich „endlich" oben ankam kniete er bereits vor dem Bett.

Sein Schwert hatte er gezogen,
-die Spitze steckte in meiner Isomatte und er hatte den Kopf tief vor
Josie gebeugt.

... -dies war wahrlich eine „Ehrerbietung"!!!

Er murmelte irgendetwas unverständliches.

Aber er hatte bis dato auch noch nichts verständliches gesagt!?

Josie saß aufgerichtet im Bett, hatte die Hände weit von sich gestreckt
und war komplett von gleißendem, -hellblauem Licht umgeben.

Ma und Birgit kamen hinter mir die Treppe hoch.

Ich wollte auf ihn zu.

Ohne zu mir zu blicken und im Knien streckte er seinen rechten Arm
zu mir aus und hielt mir die flache Hand entgegen.

Sofort war ich wie gelähmt!

Ich versuchte weiter zu gehen,
-konnte aber weder meine Beine noch meine Arme bewegen.

-Was passierte denn jetzt???

Birgit wollte an mir vorbei, -aber ich konnte nicht zur Seite.
„Geh weg!",
herrschte sie mich von hinten an.

„Ich kann nicht! Blöde Kuh!!!

-Er hält mich irgendwie fest!?"
Josie und er redeten jetzt miteinander.
-Aber in einer für uns unverständlichen Sprache!?

Er blickte immer noch ehrfürchtig zu Boden und Josie malte große
Kreise mit ihren kleinen Ärmchen in die Luft.

Jetzt waren sie beide von der hellblauen Aura umgeben.

Birgit schlüpfte eng unter meinen Schultern durch,
-musste dabei aber aufpassen dass sie sich nicht an meinen scharfen
Klauen verletzte.

Die imaginäre Kraft, die von ihm ausströmte, hielt mich immer noch
fest.

Ohne ihn zu beachten,
-anscheinend war seine Geste nur auf mich gezielt,
stürmte sie an ihm vorbei und setzte sich schützend vor Josie.

Ihr unverständliches Gebrabbel endete abrupt.

„Lass sie in Ruhe, -oder du bekommst es mit mir zu tun!!!"
Ihre Augen blitzten ihn an und mit einem Fuß trat sie nach seinem
Schwert.

Josie hatte jetzt die Augen weit aufgerissen.
Er stand auf, hob sein Schwert und zischte Birgit an.

„Niemals mehr wieder werdet ihr nach „Skar" treten,
-oder euch ihm in den Weg stellen!"
Er sprach von dem Schwert wie von einer Person???

„Es wurde geschmiedet mit dem Blut der Dämonen und es kann keine
menschlichen Wesen verletzen!
-„Skar" ist der Beschützer der Engel und der Scharfrichter der
Dämonen, -Satanen, -und anderem Gesindel!!"

Seine Hand zog er dabei zurück und ich konnte mich wieder bewegen.

Mit einer sehr schnellen Bewegung und ehrfürchtig steckte er „Skar"
dann zurück über seine Schulter.

Ich packte ihn am Arm und riss ihn zur Seite.
-Dabei schlitzten ihm meine scharfen Fingernägel den Mantelärmel auf.

„Sorry!!!"

Er blickte auf meine klauenbewehrten Arme und trat einen Schritt
zurück.

„Möge Er mir nicht weh tun,
...-denn keine böse Absicht verfolgt mein Handeln!
-Aber was seid ihr denn für ein Wesen?"

Befremdlich blickten wir uns an.

-Ich konnte noch immer nichts mit ihm anfangen!!?

Ma hatte sich zuerst nicht ins Zimmer getraut, kam jetzt aber hinterher
und setzte sich auch zu Josie und Birgit ans Bett.

„Geralt, -lass ihn in Ruhe!"
Josies Stimme war leise, -aber befehlend!
„Das ist Mikkael!",
sagte sie erklärend zu mir.

„-Er wurde geschickt um mich vor dem „Dunklen" zu beschützen!"
Birgit hatte sie noch immer an sich gedrückt.
„Du kannst mich loslassen.
-Er wird mir und Euch nichts tun!"

Da war ich mir noch immer nicht so sicher und lockerte nur sehr
langsam meinen Griff.

Er nickte mit dem Kopf und blickte mir durchdringend in die Augen.

„Niemals werde ich Eloa...",
dabei schweifte sein Blick zu Josie,
„...oder ihren Wohlgesinnten ein Leid zufügen!"

Ich spürte dass er die Wahrheit sprach,
...-meine Krallen zogen sich zurück und ich entspannte mich.

„Wie macht Ihr das?",
interessiert blickte er meine Hände an.

„Hhm!?",
ich zeigte mit einer Hand auf den Sessel und bot ihm Platz an.
Er schlug seinen Mantel zurück und setzte sich mit einer eleganten
Bewegung.

Birgit und Ma atmeten hörbar aus und Josie rutschte aus Birgits
Umarmung.

Ich hatte mich in den zweiten Sessel gesetzt und sie hüpfte auf meinen
Schoss.

Dann sagt sie etwas,
...-das Ma, Birgit und mich noch mehr verwirrte.

„Der Kreis wird geschlossen, Mikka.
Es sind fast alle da!?

...Geralt ist der Wolf,
...Du bist der Engel !
…es fehlt nur noch der Krieger,
…und die Hexenmeisterin!!?"

Jetzt sprach sie auch noch in Rätseln!?

Mikkael blickte in die Runde.
„So möge es sein!
-Die Tage der Zusammenkunft sind gekommen!
Und die Hexe und der Krieger werden hoffentlich bald da sein!?"

„Geralt kann sie anrufen, …dann kann sie gleich noch kommen!?"
Josie nickte mir und ihm zu.

…meinte Josie etwa Steffi damit???
-war, -oder ist sie die Hexenmeisterin???
Zu ihren Haaren würds ja passen!?!

Er stand wieder auf und deutete auf mich.
„Wie ich sah seid ihr etwas im Kampfe ausgebildet,
- und verfügt über eigene Waffen!?"
…er zog dabei die Augenbrauen hoch.

…wenn er wüsste?, -dachte ich bei mir.

„Aber …?",
damit blickte er zu Birgit und Ma.
„ -wer seid dann ihr und was habt ihr mit meiner Herrin zu schaffen?"
jetzt blickte er fragend zwischen ihnen hin und her.

Josie war wieder Kind und lachte.
Sie zeigte auf Birgit.
„Birgit ist Geralts Freundin,
-und eines Tages wird er sie heiraten!?"
Mikkas Blick heftete sich auf Ma.
„Und was habt ihr für eine Aufgabe?"

„Ich bin die Mutter von Geralt!",
eine leichte Röte schlich sich ihr dabei über ihre Wangen.

20 (Saga - The Flyer)

Wieder redeten er und Josie in einer unverständlichen Sprache
miteinander.

„Wer bist Du noch mal,
-und in welcher Sprache unterhaltet ihr euch denn?"

Ich musste es noch mal hören, um es zu begreifen???
-Oder immer noch nicht!?!

Er stand auf, machte eine leichte Verbeugung vor Birgit und Ma und sah mich dann wieder durchdringend an.

„Ich bin Mikkael,
...-der erste Engel im Himmel!

Ich wurde ausgesandt um Eloa, -
die Gebieterin des Lichts,
-geboren aus einer Träne Jesu Christi,
- vor Luzifer und seinen Höllenhunden zu beschützen"

Er holte tief Luft und Rosenduft erfüllte nun auch das Zimmer.

„Sie soll später den Platz Luzifers,
- ...als erster und einziger weiblicher Engel im Himmel einnehmen!
-Denn das Gleichgewicht muss wieder hergestellt werden!
Und wir reden mit der Sprache der Engel, die nur von ihnen
verstanden und ausgesprochen werden darf!!!!"

Er ging wieder vor Josie und mir in die Knie und sie legte ihm die Hand auf die Schulter.

„Mikka, ...-zeige ihnen deine Flügel!?"

Er zog seinen Mantel auseinander.

Aus dessen Falten breiteten sich links und rechts große weiße Flügel aus.
Ihre Spannweite reichte fast durchs komplette Zimmer.
-Josie strich sanft über das strahlende weiße Gefieder.

Wir saßen staunend da,
...-hatten die Münder offen und blickten ungläubig!?

-Werwolf??
-Engel?
-Hexenmeisterin?

…was kommt als nächstes???

Er zog seine Flügel wieder zusammen und unscheinbar verschwanden sie in den Falten des Mantels.

„Aber jetzt erzählet mir von Euch.
-Wer und was seid Ihr?"
Neugierig setzte er sich wieder in den Sessel und wandte sich mir zu.

„Ich bin Geralt."
Mit meiner Hand zeigte ich aufs Bett.

„Birgit und Sonja, -meine Mutter, -wurden dir ja schon vorgestellt!
Beide nickten ihm zu.

Vehement mischte sich jetzt Josie wieder ein.

„… Geralt ist ein mächtiger Wolf!!!
Und er ist mein bester Freund!"
Sie kuschelte noch mehr an mich.

Mikkael blickte mich wieder fordernd an.

„Nur Dämonen,
…-die Abgesandten Luzifers,
-haben die Fähigkeit sich in fremdartige Wesen zu verwandeln!?"
Er sprach es sehr leise und ich konnte eine etwas feindliche Tonart aus seiner Stimme entnehmen.

Die Luft wurde plötzlich eisig kalt.

Ich setzte Josie ab und stand auf.
Er tat es mir gleich.

Birgit winkte Josie sofort zu sich.

Wir traten uns Auge in Auge gegenüber und fixierten uns.

Es wurde mucksmäuschenstill im Zimmer.

Meine Augen fingen zu glühen an und seine wurden steingrau.
Eine gefühlte Ewigkeit hielten sich unsere Blicke fest und wir konnten gegenseitig in unseren Gedanken lesen.

Dann lösten sich unsere Blicke.

„Möge sich dein Dämon nie gegen mich wenden!
Du bist ein redlicher und wehrhafter Mensch und hast das Herz am richtigen Fleck!
-Und der Wolf in Dir ist sehr, sehr stark!"

Er blickte zu Birgit.
„Schöne Maid!
...-Stolz muss ihr Herz erfüllen wenn sie an Geralts Seite wandeln!?"

„Nein!",
entgegnete ich ihm und reichte ihm die Hand.

„Stolz erfüllt mich, ...-dass diese tolle Frau meine Wege teilt,
...-die nicht immer einfach sind und waren!!!
Und,
- Danke Mikkael,
...ihr spracht die Wahrheit.
Ich konnte es in euren Augen lesen!
-Auch wenn einiges noch sehr unverständlich für mich, -oder uns ist!?"

Josie gähnte.

„Wir sollten nach unten gehen, -...die Kleine gehört ins Bett!",
-es war das erste was Ma dazu beisteuerte.

Wir nickten.

Mikkael ging zu Josie und wiederum redeten sie in der unverständlichen Sprache kurz miteinander.

Birgit legte sie dann ins Bett und deckte sie zu.
Er legte ihr sanft die Hand auf die Stirn.
Sofort schlief sie ein und atmete ruhig und gleichmäßig.

Langsam und leise gingen wir gemeinsam nach unten in die Küche.

21 (Genesis - One for the wine)

Er zog seinen Mantel aus und legte ihn beiseite.
In einer Rückentasche war eine raffinierte Halterung für sein Schwert eingearbeitet.

„Wo sind seine Flügel?",
fragte ich mich in Gedanken.
Auch Birgit beobachteten ihn weiterhin neugierig und aufmerksam.
Ma holte ein paar Flaschen Wein aus dem Keller.

„Darf ich Ihnen was zu trinken anbieten?",
fragte sie ihn höflich als sie mit vier Flaschen Rotwein in die Küche kam.
„Ja, ich trinke gerne auch eine,
...-Mutter von Geralt.",
antwortete er.

Wir mussten lachen.

„Warum redest Du so komisch?"
Birgit fragte frei raus, -was wir alle dachten.

„Es wurde mir so gelehrt, ...-und ich finde nichts ,
...-wie nanntet ihr es?,
...-„komisch" daran!"

-Wieder grinsten wir.

„Wie kommst du hierher und wer hat Dich geschickt?"
Sofort wurden wir wieder ernst.

Er nahm sich eine Flasche Wein,
-fuhr mit der flachen Hand darüber und hielt urplötzlich den Korken in
den Fingern.
Dann setzte er sie an und nahm einen großen Schluck.

-Seine Manieren ließen nach!?

„Es existieren Portale die uns den Weg vom Himmel auf die Erde
weisen.
Immer dann wenn Hilfe gefordert wird!
Der Herr selbst hat mich ausgesandt um Luzifer und seinen
Höllenhunden Einhalt zu gebieten.
-Denn auch sie können diese Portale nutzen!"
Er sagte dies mit Nachdruck und nahm wieder einen großen Schluck.

„Luzifer -der Teufel?
Und wer oder was sind diese Höllenhunde?"
Birgit blickte ihn an.

Er ballte die Hände dass seine Knöchel weiß wurden.
„Es sind die Knechte Luzifers.
Dämonen ohne Heimat!
...-Durch ihre mörderischen Dienste für ihn verdienen sie sich ihr
Dasein!!!
-Drei davon hat er ausgesandt!
-...Es sind „Angstesser"!!!

Wieder setzte er die Flasche an.

„Sie sind auf der Jagd nach Eloa.
-Ihre Familie wurde bereits durch ihre Hände ausgelöscht!"
Für einen Moment wurde es wieder still am Tisch.

„Und, schöne Birgit!
-Ja, Luzifer selbst wird kommen.
Wie es in der Offenbarung niedergeschrieben wurde sind nun wieder
tausend Jahre vorbei,
…-und somit darf er solange auf Erden wandeln, bis es gelingt ihn
wieder in die Dunkelheit zu verbannen!"
Er trank die Flasche leer und wir hörten ihm aufmerksam zu.

Er räusperte sich kurz, -entschuldigte sich aber sofort dafür.

„Warum nennst Du Sie Eloa,
…-und woher kennt ihr euch?"

Fragen über Fragen.
-Weibliche Neugier!?

-Aber ich wollte ja dasselbe wissen wie Birgit!

„Ich war bereits bei Ihrer Geburt anwesend und hielt seitdem meine
Flügel schützend über sie.
Sie wurde geboren aus einer Träne Jesu Christi und sie soll das
Gleichgewicht im Himmel wieder herstellen!
-Wir wiegten sie in der kleinen Familie in Sicherheit!?
Aber der „Dunkle" hatte sie aufgespürt und ich vermochte es nicht
auch diese vor ihm zu schützen!?!"

Er nahm sich eine weitere Flasche und öffnete sie genauso wie die
vorige.
Dann fuhr er fort.

-„Eloa",
…-ihr Name kommt aus dem Hebräischen,
… und sie ist die Hüterin des Lichts!
Und ich, Mikkael, -der Engel der Gerechtigkeit.
…und ich wurde ebenfalls auserwählt um Eloa sicher in den Himmel
zu geleiten."

„Aber jetzt erzählet mir von Euch und Eurer Gabe!?"

Er lehnte sich zurück.

-Birgit konnte den Blick nicht von ihm lassen.

Ich hatte keine große Lust dazu und nickte meiner Mutter zu.

„Die Mutter von Geralt wird dies übernehmen!",
entgegnete ich ihm grinsend.

Sofort und eifrig fing sie an zu erzählen, ...-so wie sie es damals mir
gegenüber getan hat.

Aufmerksam hörte er ihr zu.

22 (Bullet for my Valentine - Waking the Demon)

Leise Geräusche vom Dach und aus dem Kamin drangen an meine
Ohren.
Ich wurde sofort hellhörig und meine Sinne schärften sich.

Sein Blick suchte den meinen.
-Er hatte es auch gehört!

Schnell standen wir beide auf und er warf sich in einer gekonnten
Bewegung seinen Mantel mit dem Schwert um.

Ma erzählte immer noch,
-aber Birgit blickte uns erschrocken an.

„Sie sind da!
-Auf dem Dach!"

Ich hielt den Kopf hoch.
Ich konnte sie hören und jetzt auch riechen.

-Aber es roch diesmal nicht nach Rosen!?

„Josie!??"
- Birgit.

„Du gehst auf die Straße und ich nach oben!"
Ich öffnete Mikkael die Haustüre.
Er zog sein Schwert und lief geduckt hinaus.

Ich rannte nach oben.
Birgit hinter mir her.

Josie (Eloa) lag noch immer im Bett,
-die Hände über der Brust gefaltet,
...-und wiederum umgeben von gleißend hellblauem Licht.

Es war niemand sonst im Zimmer.
-Vom Dachfenster und vom First nahm ich kratzende und schleichende
Geräusche war.

...-und es roch nach altem Rasierwasser???
-...endlich konnte ich es einordnen!

Birgit trat sofort zu Josie ans Bett.
„Ich geh raus!
-Du passt auf sie auf und machst das Fenster hinter mir zu!",
sagte ich entschlossen zu ihr.
Sie nickte.

Ohne weiter zu überlegen drückte ich das Dachfenster auf und
schwang mich nach draußen.
Mit einem flachen Atemzug war ich sofort wieder halb Mensch,
-halb Wolf.

Meine gelben Augen gewöhnten sich blitzschnell ans Dunkel.

Eine große Gestalt hastete geduckt über den Dachfirst und eine weitere
stand hoch aufgerichtet vor dem Kamin des Nachbarhauses.

- Außer vier Gliedmaßen konnte ich nicht viel menschliches an ihnen erkennen.

Mit einem weiten Satz sprang ich nach oben.

Aus dem Augenwinkel sah ich Mikkael über die Straße laufen.
Sein Schwert blitzte im Licht der Straßenlaternen.
Normalerweise wäre auch dies eine absonderliche Situation,
-aber aktuell war nicht die Zeit darüber nachzudenken.

Ich deutete nur mit einer meiner Klauen nach vorne um ihm die Richtung anzuzeigen.

Beide Gestalten (rannten, -hüpften, -sie berührten dabei fast nicht den Untergrund) waren „wieselflink", -und sprangen mit Riesensätzen am Ende des Reihenhauses vom Dach.
Sie riefen unverständliches und bewegten sich rasend schnell Richtung Wald.

Ich hechtete ihnen so schnell ich konnte hinterher,
-aber bis ich auf der Straße war verschwanden ihre Schatten bereits in der Dunkelheit.

Ihr unangenehmer Geruch lag noch in der Luft.
Am Ende der Straße blieb ich stehen und drehte mich zu Mikkael um.

„Steck bitte sofort dein Schwert weg, bevor uns noch jemand sieht!"

„Warum will Er das von mir?"
Wiederum sprach er komisch zu mir, -aber er steckte es sofort ein.

„Ihr tragt doch auch Waffen?",
und er deutete auf meine Klauen.

„Meine Waffen sind anders!
-Nur unsere Gesetzeshüter dürfen richtige Waffen tragen!!"

Er schüttelte den Kopf.

„Ich bin auch ein Hüter der Ordnung und der Gerechtigkeit!"

„...-aber nicht in unserer Welt!",
auch ich schüttelte den Kopf.

23 (Dream Theater - I walk beside you)

Wir gingen noch einige Male die Straße auf und ab und dann
gemeinsam zurück.

„Sie wissen nun um eure Behausung!
-Ihr könnt hier nicht mehr bleiben!"
Er riss mich aus meinen Gedanken.
„Was?"

„Euer aller Leben ist nun in Gefahr!
Beachtet dessen was mit Eloa`s Familie geschah!!!"

-Realität, ...obwohl alles unwirklich erschien!

Ich schloss die Haustüre auf und wir gingen nach drinnen.
„Geralt, ...ihr seit der Herr dieses Hauses?",
wiederum zog er seinen Mantel aus.

„Mikkael, ...wir sagen Du zu uns!
-Und auch Du darfst Du zu mir sagen!"
Sein Blick darauf wirkte verstört.

„Aber wenn ihr alle Du seid,
...dann wisset ihr ja nicht mehr,
-wer ...wer ist!?"

Kopfschüttelnd und schmunzelnd trat ich mit ihm in die Küche.

Nur Ma saß am Tisch und blickte uns fragend und erleichtert entgegen.

„Wo ist Birgit?"
Sie deutete nach oben.
„Oben bei Josie.
- Sie schlafen beide."

„Gut!"
Ich griff nach einer Flasche Wein und schenkte mir ein.
In kurzen Sätzen erzählte ich Ma was passiert war.

„Mutter von Geralt,
...-"Du" darfst mir auch noch eines von diesem leckeren Getränke
anbieten!"
Auch Ma schüttelte leicht grinsend den Kopf, aber sie blickte ihn
wiederum fasziniert an.
„Mikkael, ...ihr dürft mich Sonja nennen!"
Sie strahlte ihn an.

„Sonja, ...???"
Eine Frage formulierte sich in ihm.
„Welche Gebieterin seid ihr?, ...-und was ist eure Bestimmung?"

Ma räusperte sich und entgegnete spontan.

„Ich bin Sonja,
-die Gebieterin des Unvorstellbaren!"

24 (IQ - The magic roundabout)

„Wo schlägst Du dein Nachtlager auf?",
meine Frage galt Mikkael.
„Wir haben oben noch ein Bett frei!?"

Sofort verneinte er.
„Ich bin hier um über Eloa zu wachen,
-da Bedarf es keinen Schlafes!
Bereitet ihr euer Nachtlager.

Meine Augen, -meine Sinne, -und „Skar" wachen über Euch!
-Geralt Wolfsauge,
...wir werden uns morgen wiedersehen!"

Er stand auf, -verneigte sich vor Ma,
-zog seinen Mantel wieder an und ging nach draußen.
Ma stupfte mich an,
-aber ich wusste auch dass ich ihn nicht davon abbringen konnte.

Geralt Wolfsauge!?

-Sonderbare Zeiten!!!
...und was für ein verrückter Kerl!!!

25 (Ines Project - In my street)

Ich saß noch lange mit Ma in der Küche und erzählte ihr was Mikka mir
alles mitgeteilt hatte.

„Er mag ja Recht haben, -aber wo sollen wir hin?
Zu Ralf können wir nicht, -den möchte ich nicht auch noch in Gefahr
bringen!
...und wer weiß was jetzt noch alles passiert?
-wir können auch Birgit nicht mehr zu Besuch nach Hause lassen,
-sonst sind ihre Eltern auch noch in Gefahr!?
Ich bin mir ziemlich sicher, dass wir auch jetzt schon wieder unter
Beobachtung stehen!?"
Ma schenkte mir nochmals nach.

„Ich hätte da eine Idee, -aber da muss ich auch mit Ralf darüber
reden!?"

„Was meinst Du?",
sie sah mich an.

„-Bräustüble!
Da ist doch oben ne kleine Wohnung drin!?"

Sie nickte.

„Ja, -die ist sogar schon komplett möbliert.
Und für ne kurze Zeit würd`s schon gehen!?"

„Hhm!?"

-Was heißt hier kurze Zeit?
Wir sollten schnellstens hier weg.
Und vor allem sollten wir ungesehen hier weg.
…Und am Besten weit weg!!!

-Können sie uns spüren,
…riechen, …orten, … -keine Ahnung!?
Und mit wem oder was haben wir`s denn überhaupt zu tun?
Bisher habe ich sie nur als Schatten gesehen!

Das Haus von Josies Eltern haben sie in Schutt und Asche gelegt.
-Und wer weiß was uns jetzt bevor steht?

Ein neuer Gedanke machte sich in mir breit!
-Den wollte ich aber Ma nicht mitteilen.

-Nicht mal Birgit!

Aber ich wollte mit Mikkael darüber reden!?

26 (Michael Jackson - Human Nature)

Es wurde eine lange Nacht,
-denn auch ich machte kaum ein Auge zu.

Ich saß lange in der Küche und dachte über meine Gedanken nach.

-(…über die eigenen Gedanken nachdenken?)

Hhm???

Aber es passierte nichts.
Und so wurde es auch wieder Morgen.

Kurz vor sechs Uhr zog ich den Rolladen in der Küche hoch.

Mikkael saß auf den Treppenstufen vor dem Haus, hatte die Kapuze
seines Mantels hochgezogen und rauchte?

Ich ging zur Türe.

„Komm rein.
-Bist Du die ganze Zeit da gesessen?"
„Ab und an wandelte ich um eure Behausung,
-ging bis zum Wald, -setzte mich gegenüber zur Wacht,
...aber es blieb alles ruhig!"

„Danke, -komm rein und lass uns frühstücken!"
Ich hielt ihm die Türe auf.

„Was ist frühstücken?
Ich bin mit euren Gepflogenheiten nicht so vertraut!
Wir beobachten euch zwar ,
...können sehen was ihr tut und macht!?
-aber verstehen können wir vieles nicht!"

Hhm, ...da geht es dir ja jetzt mal so wie uns!?

Ich ging vor ihm her in die Küche.
Von oben hörte ich vertraute Geräusche im Bad.
Ma machte sich frisch und von ganz oben konnte ich ganz leise Birgit
und Josie reden hören.

„Hast Du keinen Hunger?",
fragte ich ihn und stellte Butter, Marmelade und Schokocreme auf den
Tisch.

Er drehte sich zu mir.
„Wir haben keine irdischen Bedürfnisse!,
-aber man könnte sich schon daran gewöhnen!?"

Er leckte sich genüsslich den Finger ab, den er vorher in die Schokocreme getaucht hatte.

27 (Supertramp - Breakfast in America)

Josie trippelte die Treppe runter.

Wie wenn nichts gewesen wäre trat sie in die Küche und hüpfte zu uns auf die Eckbank.
Ich hatte in der Zwischenzeit noch Kaffee gekocht und Milch warm gemacht.

Sie küsste mich auf die Wange und setzte sich zwischen uns.
„Magst Du Kaba?"
Sie nickte.

„Marmelade oder Schoko?"
Ich hielt eine Scheibe Brot in der Hand.

„Schoko, ...aber auch mit viel Butter!"

Noch etwas verschlafen kam Birgit in die Küche.
„Sonja braucht heut aber lange im Bad???"
Sie schenkte sich Kaffee ein und setzte sich zu uns.

„Gibt`s was was ich wissen sollte?"

Mikkael und ich blickten sie beide gleichzeitig an.

„Ich denke Du und Josie,
...ihr solltet heute nicht in den Kindergarten gehen!"

Mikkael nickte bestimmend als ich es sagte.
Josie verschlang mit Heißhunger ihr Brot.

„Ich kann nicht einfach wegbleiben!",
sagte Birgit zu mir.

„Doch, ...Birgit,
...-Geralts Freundin und schöne Maid!
Das solltet ihr aber!"
Er blickte ihr durchdringend in die Augen und zauberte mit seiner
Äußerung ein Lächeln in ihr Gesicht.

Dies verschwand aber auch schnell wieder,
-und erschrocken fragte sie ihn.
„Was ist mit den anderen Kindern?
-Sind diese auch in Gefahr?"

„Gefahr steht von nun an vor jeder Türe die ihr öffnet!,
...und gegenüber jeder Person der ihr begegnet!!!"

In dem Moment kam Ma in die Küche.
Sie war komplett angezogen,
-die Haare frisiert und geschminkt!?

„Guten Morgen!",
sie setzte sich strahlend Mikkael gegenüber.

-Bitte nicht!,
dachte ich bei mir.
Was wird das denn jetzt?

Mikkael stand auf und verbeugte sich kurz vor ihr.
„Mutter von Geralt, ...euer Antlitz strahlt wie die Sonne!
Möge es für euch ein schöner Tag werden!?"

„Ihr frühstückt ja gar nichts?",
sagte sie zu ihm mit leichter Röte im Gesicht und nahm sich eine
Scheibe Brot.
„Du!, ...ihr dürft Du zu mir sagen!",
er betonte es stolz und blinzelte mir zu.

„Ich habe es Geralt Wolfsauge schon bekundet!,
-wir haben es nicht so mit euren irdischen Gepflogenheiten!"

„Schade!?"
Leicht enttäuscht schmierte sich Ma etwas Marmelade aufs Brot.

Birgit sah mich stolz an.

-Ich wusste warum!

„-Geralt Wolfsauge!!!"

28 (Deep Purple - Perfect Stranger)

„Okay,
wir sollten uns jetzt alle zusammen mit der Situation
auseinandersetzen."
Ich lehnte mich auf den Tisch..

„Es ist schlimmer als wir uns denken können!
-Vor allem aus dem einen Grund,
-da wir einiges nicht realisieren oder glauben können!
Aber wir haben gesehen, -erlebt, -und heute Nacht mitbekommen,
dass wir alle in Gefahr sind!"

Josie strich mir über die Wange.
„Geralt,
-jetzt, -da wo Mikkael da ist können uns die dunklen Dämonen mit den
Ziegenaugen überhaupt nichts mehr tun!"

-Wenn`s nur so einfach wäre, Josie!
-dachte ich bei mir und schmierte ihr nochmals ein Brot.

-Jetzt war es Ma, die Mikkael nicht mehr aus den Augen ließ.

Dieser saß am Tisch und hörte uns allen aufmerksam zu.

Immer wieder blickte er zu mir und hielt mich mit seinen Augen fest.

Mir war, -als ob er spürte, - dass ich etwas mit ihm vor hatte!?

29 (Flower Kings - There is more to the world)

Wir brauchten nicht mehr darüber reden.

-Kindergarten und auch alles andere war gestrichen.
Und wir durften Josie nie mehr alleine lassen!
Sie, ... -und alle die um sie herum sind, sind in höchster Gefahr!

Ma nahm Josie bei der Hand und ging mit ihr nach oben ins Bad.

-Jetzt war Zeit!?

Ich blickte zu Mikkael.
„Wir werden den Spieß umdrehen!"

Interessiert wandte er sich mir zu.
„Was meint ihr?"
Birgit atmete tief ein und ich fuhr fort.
„Wir werden gemeinsam auf die Jagd gehen!
-Mit dem rechnen die nicht!!?"

„Ihr...",
sofort verbesserte er sich.
„...Du,
...-ihr denkt wie ich!",
er stand auf.

„Geralt Wolfsauge,
bring dein Gefolge in eine sichere Umgebung.
...-dann werden wir die Dämonen vor uns hertreiben,
...-mein Schwert wird sie vierteilen,
...-und aus ihren Hörnern werden wir uns das göttliche Getränk von
gestern munden lassen!!!"

Birgit starrte ihn mit offenem Mund an.

„-Also, dass Du nicht normal bist",
und dabei blickte sie mich an.
„...das weiß ich ja!

-Aber er,...",
dann wanderte ihr Blick zu Mikkael. und sie atmete tief ein.
„...Er, ...ja er hat den Schuss ja überhaupt nicht gehört!!!"
Jetzt blickte Mikkael unverständlich.

Birgit fuhr fort und schüttelte dabei den Kopf.

„Ich weiß dass ich euch nicht aufhalten kann!?
-Macht doch einfach was ihr wollt!!!"

Voller Euphorie nickte Mikkael ihr zu.
„Aber wir sollten uns vorher noch der Dienste der rothaarigen Hexe
versichern!?
-Eloa hat erwähnt dass ihr sie herbringen könnt!?
Worauf wartet ihr???"

-Steffi???
Er konnte wirklich nur Steffi meinen!?
-Aber woher kannte er sie???

-Josie und auch er hatten sie erwähnt.
Aber was wollte er von ihr und wie sollte sie uns helfen???

Ma kam mit Josie in die Küche zurück..
„Was kann ich tun?",
fragte Ma voller Eifer.

Mikkael wandte sich zu ihr,
„Gibt es hier geweihtes Wasser?"

Sofort nickte sie.
„In der Kirche, … -und auch in der kleinen Kapelle vorne am Eck!"

„Bringe es mir.
...Viel!"

Er überlegte kurz..

„Und dann,
...Du, -Sonja, ...Mutter von Geralt Wolfsauge!?",
erwartungsvoll schaute sie ihn an.
„Du, stelle einige Flaschen bereit!
-....Geralt und Mikkael werden uns nach unserem Triumphe doch
einem irdischen Brauche hingeben!"

-Was hatte er vor?
Hhm?

Es wird wieder Tote geben!
Ich spürte es, ...-und mir war nicht wohl bei diesem Gedanken!?
-Aber hoffentlich nicht auf unserer Seite?

30 (Jon Anderson - I hear you now)

Birgit rief in der Kita an und entschuldigte sich und Josie.

Danach gingen sie nach oben.

„Was hast Du vor?",
ich setzte mich Mikka gegenüber.
„Hole die Hexenmeisterin her und auch den, -den ihr euren Bruder
nennst.
-Kann er eine Waffe führen?"
Er zog einen langen Dolch aus einer Innentasche seines Mantels und
drehte ihn im Licht.

-Bin gespannt was er da noch alles drin hat?

„Das ist Asi, -die Klinge des Lichts!
Jeder Dämon im hier und jetzt fürchtet ihren tödlichen Stich!"
Er vollführte eine elegante Bewegung mit ihr und ließ sie schnell
wieder verschwinden.

Ma stand vor dem offenen Kühlschrank und blickte fasziniert.

Ich stand auf und ging nach draußen zum Telefon.
Steffi erreichte ich sofort.
„-Warum hat das so lange gedauert?
Ich warte schon länger auf deinen Anruf!?"

Jetzt wusste ich, dass Sie was wusste, -oder sonst was!?
Sie machte sich sofort auf den Weg zu uns.

Bei Ralf ging niemand ans Telefon.
-Wahrscheinlich war er wieder im Bräustüble am Arbeiten!?

Ma schloss die Kühlschranktüre.
„Ich werde ihn holen gehen!",
sagte sie zu uns.

„Gebraucht einen Vowand um ihn herzuholen!
Er brauchet noch nicht zu wissen, dass sein Leben in Gefahr ist!?"
Mikkael sagte es mit einer Selbstverständlichkeit,
-dass es selbst mir heiß und kalt zugleich wurde!

Ma sah ihn erschrocken an.
Ich glaube sie hatte als einzige noch nicht so richtig realisiert was hier
wirklich los war!?

-Wir schauen keinen Fantasyfilm im Fernsehen an!?
…-an unserem Tisch sitzt ein leibhaftiger Erzengel,
…-mit einem scharfen tödlichen Schwert und anderen diversen Waffen,
…und bis aufs letzte bereit, -diese auch zu gebrauchen!!!

-Josie ist auserwählt ein Engel, …oder sonst was zu sein!?
…-und wir sind in einen Krieg um sie geraten!
…-Dämonen machen Jagd auf sie und töten alle die sich ihnen in den
Weg stellen!

…-und Ma verguggt sich auch noch in den Typen!??

Ich schüttelte ungläubig den Kopf.
In dem Moment kamen Josie und Birgit wieder in die Küche.

„Was los?",
fragte mich Birgit als sie meine Stirn in Falten sah.

„...-Kann ich aus der Horrorstory noch aussteigen?"
...-es war die einzige Antwort die mir spontan einfiel!

31 (Kate Bush - The man with the child in his eyes)

Ma zog Schuhe an und ging um Ralf zu holen.

Josie setzte sich mir auf den Schoß und Birgit neben Mikkael.

„Und, - was werden wir tun?"
Birgits Frage galt mir.
„Noch keine Ahnung, ... -frag ihn!?
Irgendwas mit Weihwasser, ...Hexen, ...Schwerter, ...Dolch,
...- und ja, -wir dürfen auch mitspielen!?"
Ich konnte mir Sarkasmus nicht mehr verkneifen!

Josie kuschelte sich ganz eng an mich.

Sie flüsterte so leise, dass nur meine Ohren es verstehen konnten.
„Geralt, ...es tut mir so leid dass ich euch da mit hineingezogen habe."

Birgit sah dass sie mir ins Ohr flüsterte.

„Die Dämonen suchen mich schon lange und wir mussten wegen
denen auch schon einige Male umziehen."
Auf einmal umgab sie wieder ein zartes hellblaues Licht.

„Mikkael war immer bei mir und hat über mich gewacht!
-Er hat uns auch schon beobachtet als wir uns mit Steffi beim
Faschingsumzug getroffen haben.
-Aber da hat ja die Hexenmeisterin auf mich aufgepasst!
-Aber jetzt, -jetzt haben sie mich gefunden!"

Sie hielt kurz inne.

-Ich wurde immer noch nicht schlau aus vielem was mir gesagt wurde!?

Woher kannte sie Steffi, -und was hat diese mit ihr zu tun!?
Birgits Blick durchbohrte uns mit weiblicher Neugier.

Mikkael saß neben ihr und beobachtete Josie ehrerbietend.

Wow!
-Wie ist denn der Titel dieses Romans, -den mir hier ein kleines Mädchen erzählt?

-"The Tales of Mystery and Imagination einer Sechsjährigen???"

Sie zupfte an den Knöpfen meines Leinenhemdes.
-Und dann sagte sie etwas zu mir, was alles um uns herum für einen Moment zum Stillstand brachte.

-Und sie sagte es so,
- dass auch Birgit und Mikkael es hören konnten.

„Geralt!…
…- magst Du jetzt mein Papa sein?"

Ich konnte es nicht aufhalten.

-Und Birgit auch nicht.
Ich drückte Josie an mich und kleine Tränen liefen uns über die Wangen.

Mikkael sah es und schüttelte fragend seinen Kopf.
„Menschliche Gepflogenheit?"

32 (King Crimson - Red)

Die Gartentüre schwang auf.

Wir hörten es gleichzeitig.
Ich setzte Josie neben Birgit und stand schnell auf.
Mikkael zog sein Schwert und kam hinter mir her.

„Hey, -hey, hey,
-langsam Großer!"
Ich schob ihn die erste Treppenstufe in den dunklen Gang hoch und
deutete ihm, stehen zu bleiben.

Er nickte und hielt sein Schwert kampfbereit vor sich.
Noch bevor Steffi die Klingel auch nur berührte, hatte ich die Türe
geöffnet.

Eine Flut roter Haare breitete sich um mich, als sie mich zur Begrüßung
heftig umarmte, -und sie sagte es wieder?…

„Das hat aber echt lange gedauert!?
-Wo ist die Kleine???",
sie machte einen Schritt hinter mir in den Flur.

…-Geralt, … -Vorsicht!!!", schrie sie.
Dann zerrte sie mich kraftvoll zur Seite, als sie einen Schatten mit
gezogenem Schwert aus dem Hausgang treten sah.

Sie breitete die Arme aus und malte mit ihnen imaginäre Zeichen in die
Luft.
Mikkael fiel sein Schwert aus den Händen und es schepperte dumpf zu
Boden.
Er griff sich an den Hals und begann zu röcheln.

„Was machst du denn???
…- Steffi, -lass es!!!"
Ich wusste nicht was ich denken und machen sollte.
Ihre roten Haare schwangen in Kaskaden um ihr Gesicht und mit den
Händen formte sie ein Zeichen nach dem anderen.

Mikkael sank auf die Knie.
„Steffi!
...Hör auf damit!!!"
Verzweifelt schrie ich sie an.

Josie trat mit Birgit aus der Küche.
Sie ließ Birgits Hand los,
-ging am röchelnden Mikkael vorbei und stellte sich vor Steffi.

Wieder einmal in der uns unverständlichen Sprache sagte sie etwas zu ihr.

-Befehlend!
... und sie war wieder komplett in hellblaues Licht getaucht.

Sofort lösten sich alle Spannungen und Feindseligkeiten!

„Steffi, ... -es ist doch Mikka!"
Dieser holte wieder tief Luft.

Dann nahm Josie Steffi an der Hand und führte sie an uns allen vorbei in die Küche,
- wie wenn grad nichts gewesen wäre!?

„Tut mir leid Mikka,
-ich hab Dich im Dunkel nicht gleich erkannt!?",
sagte Steffi beiläufig zu ihm im vorbeigehen.
Birgit und ich sahen uns sprachlos an.

Mikkael nickte, stand auf und kontrollierte sofort sein Schwert.
„Seht ihr, -dafür brauchen wir die Hexe!"

Mit diesen Worten steckte er sein Schwert zurück, drehte sich um und ließ uns ungläubig im Flur stehen.
33 (Knight Area - Under a new Sign)

Josie spielte mit Steffis Haaren und Mikka setzte sich neben sie.

„Okay, … Stop,
-kurze Erklärung für uns???"
Ich blickte dabei Mikka und Steffi an.

„Wir kennen uns schon sehr, sehr lange!
-nicht wahr!? …Steffi Hexenmeisterin!",
und sie nickten sich zu.

„Sie ist eines der vier Elemente!
Wir haben schon viele Kämpfe miteinander ausgefochten und sind oft
Seite an Seite gestanden!"

„Moment!,
-mir wird das alles jetzt wieder zuviel.
Erklärt es uns von Anfang an!?
-und was redest Du von den vier Elementen?"
Ich blickte wieder zwischen ihnen hin und her.

Sie sahen sich gegenseitig an und ihre Blicke hinterfragten sich,
-wer uns jetzt Aufklärung bieten sollte!?

Doch bevor Mikka oder Steffi mit ihren Erklärungen anfangen konnten,
-meldete sich wieder Josie, …-ganz leise.

„Der „Dunkle" wird kommen!
Ich kann ihn spüren.
Luzifer wird mich holen kommen??!"

Sie spielte weiter mit Steffis Haaren.

-Noch mehr Verwirrung!?

Mikka lehnte sich zurück und sprach dann.
„Der „Dunkle" ist Luzifer,
-Satan oder Teufel wie ihr ihn nennt.
-Jetzt kommt er selbst!
Auch ich spüre seine Ankunft!"

Es war mucksmäuschenstill um den Tisch geworden.

Trotzdem blickte ich fragend zu Steffi.

„Du,
...-Du hast nie etwas erwähnt!?
-...oder Dich zu erkennen gegeben???"

„Geralt, -ich konnte und ich durfte es nicht!
-Wir haben vor „Ihm","
...und sie blickte zu dem kleinen Holzkreuz, das an der Küchenwand
hing.
„-wir haben vor ihm ein Gelübde abgelegt und mit unserem Blute einen
Eid geschworen!"

Sie zog ihren rechten Ärmel zurück und Mikka tat es ihr gleich.
-Auch Josie zog daraufhin ihren Ärmel hoch!?
Unterhalb der Ellbogenbeuge sah man bei allen Dreien eine kleine
Narbe,
-die jetzt rot glühte.

Birgit hatte schon lange nichts mehr gesagt.
„So unglaublich diese Geschichte klingt!?
-Aber ich habe in den letzten zwei Jahren so viel gesehen,
-erlebt, -am eigenen Leibe gespürt, -dass ich euch glaube!
Ja, -ich glaube Euch!
-Aber die wesentliche Frage für uns ist doch jetzt?
-Was können wir nun tun???"
Sie sprach mir aus der Seele!

Mikka übernahm wieder.
„Wir müssen ihnen Einhalt gebieten.
Nur mit der Vereinigung der vier Elemente können wir Luzifer wieder
in sein Verlies verbannen.
-Bis zu den nächsten tausend Jahren!"

„Hhm!?
Jetzt redest Du wieder unverständlich!?",
ich stand auf und ging in der Küche umher.

Langsam und leise formulierte ich meine Frage.

„Nochmals, wer, -oder was sind die vier Elemente???"

„Die vier Elemente sind euch wohlbekannt!?",
antwortete Mikka.

-War das jetzt eine Frage an mich, -oder was?

„-Feuer,
-Wasser,
-Erde,
-Luft!"

Wiederum formte sich ein Fragezeichen auf Birgits und meiner Miene.

Mikka fuhr fort.

„Die Hexenmeisterin",
sein Blick ging zu Steffi.
„Sie verkörpert das Feuer!"
Dann schweifte sein Blick zu mir.
„Ihr,...
-Du! ... -Du stehst für die Erde!
Die Geschöpfe der Erde und die Natur vereinigen sich in Dir!"
„Dann verkörpert Ihr die Luft!?
-Als Engel schwebt Ihr über Allem???"
Birgit redete schon wie er!!!

Er nickte ihr zu!
„So ist es, ... -Frau von Geralt Wolfsauge!
...-und schöne Zauberin, - wie Eloa euch nennt!"
Eine leichte Röte strich ihr über die Wangen.

Er schaffte es wieder, uns unbemerkt ein Lächeln zu entlocken.

„Dann fehlt uns nur noch das Wasser!?",
ich blickte fragend zu Birgit.

„Nein!, …sie ist es nicht!",
Mikka schüttelte den Kopf.

„Das fehlende Element ist ein starker Kämpfer!!!
Mit dem Antlitz eines Wikingers und dem Herzen eines Kriegers.
Bereit zum Kampfe und unerschrocken gegenüber seinen Feinden!!!"

-Ich wusste sofort wer es war!!!

Birgit wirkte etwas enttäuscht!
„Ähm, …was kann oder darf dann ich sein?"
Die Frage galt Mikka.

„Ihr, …-Frau von Geralt Wolfsauge!
-Ihr seit einfach nur schön!!!"
Er blickte sie dabei von oben bis unten an.

Wir lachten alle und Birgit stand auf.
Sie ging zum Fenster und wackelte dabei mit dem Hintern.
„Ja, -…ja, -das kann ich gut!"

Von Josie bekam sie sofort nen Daumenhoch und wir grinsten uns trotz
der angespannten Situation gegenseitig an!!!
In diesem Moment wurde ein Schlüssel ins Schloss der Eingangstüre
gesteckt.

Mikkael wollte aufstehen und sein Schwert ziehen.
Ich hielt ihn am Arm zurück.
„Wenn jemand einen Schlüssel hat, -gehört er zum Haus!",
erklärte ich ihm.

„Es ist Ralf!", sagte Birgit vom Fenster.
Sie hatte ihn gesehen.

Er trat in die Küche.
Seine hellblonden Haare hatte er mit wieder einem Haarband nach
hinten gebunden.
-Verwundert blickte er in die Runde.

Ich hatte eigentlich mit ihm und unserer Mutter gerechnet,
... -aber er war alleine!?

„Wo ist Ma?",
ich schaute ihn fragend an.

Er zuckte verneinend mit den Schultern.
„Keine Ahnung!
...ist sie nicht da?
-Und wer ist er???"
Jetzt stand Mikka auf und Ralf und er beschnüffelten sich!

-Es wurde eisig kalt!
Nach einer gefühlten Ewigkeit zog Mikka plötzlich seinen Dolch aus
der Manteltasche.
Schnell stand ich auf.
Er drehte ihn blitzartig in seiner Hand und hielt Ralf den Schaft
entgegen.

„Ihr seid der Wikinger-Krieger!?",
er vollführte eine leichte Verbeugung vor ihm.
„Ihr seid das fehlende Element!
-Nehmt Asi, -die Klinge des Lichts,
...als Zeichen meiner Achtung vor Euch!,
...-und helft uns Eloa vor den Dämonen und dem „Dunklen" zu
schützen!?"

-Ralf stand mit offenem Mund da und blickte dann zu mir.

Josie war in der Zwischenzeit in Steffis Armen eingeschlafen.

„Hey Großer!?,
-ich weiß nicht was ihr hier für ein Kostümfest feiert?
...-aber das was ihr geraucht habt brauch` ich jetzt glaub auch!?
Irgendwie sind wir nicht auf dem gleichen Level???"

Dann nahm er den Dolch von Mikka,
- ließ ihn gekonnt kreisen und strich mit der scharfen Klinge über
seinen behaarten Unterarm.

„Perfekt ausgewogen und höllisch scharf!"
Er hielt ihn Mikka wieder entgegen.

Dieser verneinte.
„Betrachtet es als ein Geschenk des Himmels,
… -ehrwürdiger Krieger!"

„Was stimmt denn mit dem nicht???"
Ralf blickte immer noch genauso ungläubig wie Birgit und ich vor
einiger Zeit.

-Aber bei allem was momentan hier geredet wurde, - formulierte sich
eine andere Frage in mir!?

-Und dabei fröstelte es mich!!!

„Wo ist Ma?
-War sie nicht bei Dir?",
ich blickte Ralf an.
„Ähm, -nein!?
Ich bin jetzt nur vorbei weil Conny mir eine Schachtel voller Klamotten
und Sachen für Josie ins Bräustüble vorbei gebracht hat.
Ma hab ich nicht gesehen!
-Warum?"

„Scheiße!!!",
ich sprang auf.
Jetzt war mir eiskalt!

„Mikka!, … -du kommst mit!
-Und ihr erzählt in der Zwischenzeit Ralf alles was er wissen muss!?"
Ich nickte Birgit und Steffi zu.

Barfuss eilte ich nach draußen, Mikka packte seinen Mantel und lief mir
hinterher.

-Ralf schüttelte noch immer den Kopf!?

35 (IQ - Fading Senses)

Wir liefen nach draußen.
Ich sog die Luft ein.

Verschiedene Gerüche konnte ich sofort zuordnen.

Schnell liefen wir die Straße Richtung Bräustüble entlang.
Mein Puls beschleunigte und meine Befürchtungen verstärkten sich.
-Wie blöd konnte ich denn auch sein???"
-Wir sprachen über Gefahr, -Dämonen, -etc,
...und hatten diese auch schon gesehen!

-Und ich schickte Ma alleine los!?!

...aber es war doch helllichter Tag???
Nein,
...-da konnte ich mich mit nichts heraus reden!?

Nach der Hauptstraße kam ein kleines Sträßchen zwischen den Gärten
der Hochhäuser hindurch.
Diese waren links und rechts abgezäunt und zum Teil dicht bewachsen.

...-und wieder setzte sich ein unangenehmer Geruch in meiner Nase
fest!?

Mikka roch es auch und sofort zog er sein Schwert.

-Langsam und aufmerksam schlichen wir an den Büschen des kleinen
Sträßchens entlang.
Es war ja noch hell,
... -und ich wollte mit ihm und seinem Schwert keine Aufmerksamkeit
erregen!

Der Geruch verstärkte sich!

-Altes Rasierwasser.
Ich konnte es nicht anders definieren!?

-Und jetzt wusste ich dass etwas Schlimmes passiert war!!!

36 (Clepsydra - Fear)

Schnellen Schrittes eilte Ma die Hauptstrasse entlang.

In Gedanken war sie bei der kleinen Josie.

-Was musste in ihr vorgehen?
-Wie verkraftet man den Verlust von Eltern und dem kleinen Bruder?
-Was für psychische Schäden hinterlässt so ein Unglück?

-Aber,
... wer oder was geht denn wirklich um uns vor???

Ein komischer Geruch stieg ihr in die Nase.

Sie beschleunigte ihre Schritte und duckte sich unter einem tiefhängenden Ast einer Hecke, -als sie in das kleine Sträßchen zwischen den Gärten der Hochhäuser abbog.

Eine dunkle Gestalt trat ihr plötzlich entgegen.
Gleichzeitig wurde sie von hinten an den Schultern gepackt und unter die Hecke gezogen.

Als sie die Gestalten erkennen konnte, war sie nicht mal mehr in der Lage zu schreien!?

Panische Angst schnürte ihr die Kehle zu!

Das letzte was sie sah waren Haare, die aussahen wie Schlangen und geschlitzte Augen,
-wie die einer „Ziege"!?

Die „Angstesser" ergötzten sich an ihrer Furcht und ihre scharfen kleinen Zähne klapperten als sie über Sie herfielen!!!

37 (Linkin Park - In the End)

Blut!!!

Ich konnte es riechen, ... -und jetzt auch sehen!

Eine dünne Spur kleiner Blutstropfen führte unter eine große Hecke, -und dann ins Kiesbett unter eines der Balkone des Hochhauses.

-Ein ideales Versteck.

Das aufgeschüttete Kies darunter war komplett in eine große Lache Blut getränkt.
Ein paar Kleidungsstücke und Frauenschuhe lagen darin.

Ma!!!
-Aber außer diesen Sachen war sonst nichts mehr von ihr zu sehen, finden, ...übrig???

Mikka stand geduckt mit gezogenem Schwert unter der Hecke und sicherte nach draußen.
Ich sammelte die Schuhe und die Kleidungsstücke auf und trat wieder unter der Hecke vor.

Auch er schnüffelte in jede Ecke und Hecke und sog tief die Luft ein.
Mit seinem Schwert stocherte er dann im dunklen Blut und hielt es sich unter die Nase.
Seine Zunge leckte vorsichtig an der jetzt dunklen Spitze.

Gewissheit lag in seiner Stimme.
„-Es waren „Angstesser" !!!
Sie lassen nichts von ihren Opfern übrig!
Die schlimmsten aller Dämonen!"

Anteilnehmend legte er mir eine Hand auf die Schulter.
„Geralt Wolfsauge, ...
... -sie war eine tapfere Frau und stolze Mutter eines Wolfs und eines Kriegers!
...und diesen Tod hat niemand verdient!!!

Niemand sollte so sterben!!!"
Er steckte sein Schwert in den Boden, kniete nieder und bekreuzigte sich.
„Danke!"
Ich vergewisserte mich nach links und rechts dass niemand uns beobachtete.

Traurig, -ich mit hängendem Kopf, -aber trotzdem aufmerksam gingen wir zurück.
-Leere!
-Automatisierte Bewegungen!
-Fassungslosigkeit!
-...aber trotzdem Erkenntnis!?

-Es passierte etwas Unvorstellbares,
-nichts greifbares!?

...aber trotzdem Reales!??

38 (Yes - Turn of the century)

Ich schloss die Türe auf,
-eilte nach oben und warf die Sachen in die Badewanne.
Birgit und Josie sollten es nicht sehen.

Dann lief ich wieder nach unten.

Birgit hielt sich erschrocken die Hand vor den Mund als ich nach Mikka in die Küche trat.
Beide schüttelten wir den Kopf.

Ralf stützte sein Gesicht in die Hände und schnaufte tief durch.

Mikka reichte ihm die Hand.
„Trauer erfüllt mein Herz und ich fühle mit Euch!
Trotzdem haben wir eine Aufgabe zu erfüllen und müssen Luzifer und seinen Dämonen Einhalt gebieten!"

Mit aufgestauter Wut und Trauer packte ich ihn an den Schultern und drückte ihn rücklings gegen den Küchenschrank, dass das Geschirr in ihm nur so schepperte.

„Es war unsere Mutter!!!
-Sie ist tot, -und Du bist nicht unschuldig daran.
Du hast dieses Unheil zu uns gebracht, -das immer noch niemand von uns begreifen kann!
-Sie war unsere Mutter!"

Ich ließ von ihm ab und lief aus der Küche die Treppen hoch.
-Es tat mir jetzt schon wieder leid, ...aber ich brauchte ein Ventil!

„Turn of the Century" von Yes spendete mir Trost.
-Was passierte hier wieder?
...-Hallo???,
ich bin achtzehn Jahre alt!
-Meine Mutter wurde umgebracht!!!
Ich weiß nicht mehr ein, -noch aus!?

...-und ich bin immer noch ein Werwolf!!!

Nach kurzer Zeit kam Birgit ins Zimmer.

„Hey!",
leise setzte sie sich auf die Lehne des Sessels und legte mir die Hand auf den Arm.
„Tut mir sehr leid.
Sie war auch für mich wie eine Mutter!"

Ich blickte sie traurig an.
-Keine Tränen!!!

„Das Lied ist schön!"

„Ja stimmt. ...-und der Titel passend!?
„Turn of the Century".
-Unsere kleine Welt verändert sich und momentan wird sie komplett auf den Kopf gestellt!?"

Ich nickte ihr zu.
„Aber dieses Lied kann ich immer wieder von vorne anhören, mitten drin aufhören, oder zu Ende spielen lassen, ...-wie ich es will!?
Hhm!?
-Mit dem Leben geht das leider nicht!"

Ein leichtes Trippeln war vom Treppenhaus zu hören.

Josie kam herein.
Sie ging direkt auf mich zu.

„Geralt!
- Weißt Du noch was ich Dir gesagt habe als wir uns das erste mal getroffen haben?
-Du warst damals auch sehr traurig!?"
Sie kletterte auf meinen Schoß und nahm mein Gesicht in ihre kleinen Hände.

„-Wenn Du einmal traurig bist,
kommt von irgendwo ein Engel der Dich küsst!!!"

Sie drückte mir einen dicken, fetten, feuchten Schmatzer auf die Lippen.

„Danke meine Kleine!"

39 (Alanis Morisette - Ironic)

Als wir wieder in die Küche kamen saßen Mikka, Ralf und Steffi um den Tisch.
Zwei offene Flaschen Wein standen in der Mitte, -beide fast leer.

Mikka polierte mit einem Lederlappen die Klinge von „Skar", und Ralf schärfte „Asi" mit einem kleinen Schleifstein.
Steffi hatte ein kleines Fläschchen vor sich und lackierte sich mit einem dünnen Pinsel die Fingernägel in feurig-rot!

-Was für eine Ironie!

Josie schlüpfte sofort unter dem Tisch hindurch zu Steffi.
„Die sehen schön aus, ...-ich will auch!"
Sie griff nach dem Fläschchen.

„Wouh, ... -wouh Nein!!!
-Finger weg!!!",
schrie Steffi sie an.
Hastig packte sie das Fläschchen weg und hielt ihre Finger nach oben!

„Was ist denn mit Dir los?",
Birgit schaute verdutzt Steffi an und auch ich blickte fragend.
Josie verstand die Welt nicht mehr.

„Wir schärfen unsere Waffen!?",
sie hielt ihre Finger ins Licht und ihre spitzen Fingernägel leuchteten
tödlich rot!

„Ralf und Mikka bereiten ihre Schwerter und Dolche für den Kampf
vor und ich meine Nägel.
Die Farbe ist reinstes Gift, extrahiert aus dem Blut und Toxiden der
tödlichsten Kreaturen!
..-angerührt in heiligem, mit geweihtem Wasser gefülltem Gefäß.
-Jede kleinste Verletzung dadurch kann zu sofortigem Tode führen!"

Sie nahm Josie in die Arme und küsste sie.
„Sorry Kleines!"

„Schon gut!",
...

40 (Marillion - Dry Land)

„Wir müssen viel wachsamer sein und dürfen nur in der Gemeinschaft
auftreten.
-Alleine ist jeder von uns verloren!!!"

Mikka schaute uns alle an.

-Ja,
...ich gab mir die Schuld.
Es war mein Fehler!
Ich habe sie alleine losgeschickt!
-Aber das konnte doch niemand ahnen,
...und es geschah am hellichten Tage!!?

Ich ging zum Kühlschrank und holte mir ein Bier.
Ralf nickte mir zu,
-kramte dann den Tabakbeutel aus seiner Hose und drehte sich eine.
„Muß das jetzt sein?"
Birgit blickte ihn strafend an und zeigte auf Josie.

„Was willst Du???",
Ralf blitzte sie an,
...-und in diesem Moment wusste sie,
- dass sie besser nichts mehr zu ihm sagen sollte!!!

Trauer,
… -aber keine Tränen!
Bei allen von uns!

Es blieb uns aber keine Zeit dafür.
-Wir sollten und mussten handeln!

41 (Sylvan - Pane of truth)

Mikka hielt sein Schwert hoch.
„Skar und ich werden heute Nacht wieder über euch wachen.
Stärkt euch und schlaft euch aus!
Morgen werden wir gemeinsam den Dämonen entgegentreten und sie
in ihr Höllenfeuer zurücktreiben!

-Trauern werden wir danach!"
Wir blickten uns alle an und keiner entgegnete etwas darauf.

„Erzähl mir von den „Angstessern!?",
sagte ich zu Mikka und setzte mich auch an den Tisch.

Birgit schaute zu Josie und schüttelte den Kopf.
„Ich glaube sie sollte es nicht hören?"

Josie machte sich etwas größer am Tisch.
„Nein, -das ist schon okay.
Ich weiß wer sie sind und was sie tun!"

Wieder verblüffte mich eine Sechsjährige!?

Mikka trank eine der Flaschen vollends leer und begann zu erzählen.

„Luzifer hat viele Gesichter!
-Und er hat auch viele an seiner Seite, die ihm mehr wie hörig sind.
Die schlimmsten davon sind seine „Angstesser"!
Nichts wird von deren Opfer übrig gelassen, ...nur ihr dunkles Blut
hinterlässt seine Spuren!
Sie verstehen es auch die Gestalt anderer anzunehmen, um damit ihre
Feinde und Opfer zu täuschen!"

„Gestaltwandler?",
Ralf meldete sich.

„Du hast sie gesehen?"
Mikka wandte seine Aufmerksamkeit sofort auf ihn.

„Nein,
ich hab`s im Film gesehen, -und in Büchern darüber gelesen.
Aber ich habe nie darüber nachgedacht dass es die wirklich gibt!?"

Mikka nickte.
„Nicht in eurer Welt!
-Normalerweise!?
-Aber jetzt hat er sie durch eines der Höllenportale zu euch geschickt!"
„Wie können wir sie und ihn aufhalten?"
Birgit hatte uns aufmerksam zugehört.

Mikka nahm die zweite Flasche und leerte auch diese.

„Nur in der Vereinigung der vier Elemente können wir ihnen Einhalt gebieten.
Kein menschliches Wesen kann sie besiegen und eure Waffen sind machtlos gegen sie!
Das einzige was sie aufhalten kann sind unsere geweihten Klingen und Wasser!
Damit können wir die „Angstesser" töten.
-Nur nicht Luzifer!
- Luzifer muss von uns wieder in sein Verlies verbannt werden!

-Für die nächsten tausend Jahre!!!

...ansonsten wird Dunkelheit über die Menschheit ziehen!!!"

„Na das sind ja schöne Aussichten!!?",
dachte ich bei mir.

42 (Uriah Heep - The Wizard)

„Puh, -starker Tobak!?",
Ralf blickte seinen Joint an und reichte ihn herum.
Ich gab ihn weiter,
...aber Mikka nahm ein paar tiefe Züge.

„Gute irdische Gepflogenheit!"

Josie bewunderte immer noch Steffis Fingernägel.

„Wir sollten schnell von hier weg!
Die Sicherheit Eloas ist hier nicht gegeben!?"
Er blickte zu Ralf.
„Wir brauchen einen Platz den wir überblicken können!
Hier können sie uns an jeder Ecke überraschen!"

„Hhm!,
ich habe schon überlegt, -ob wir nicht zu Dir ins Bräustüble gehen
sollen.
Die Wohnung oben ist ja schon eingerichtet und steht noch leer!?",
meinte ich zu ihm.

Ralf schüttelte sofort den Kopf.

„Nein, ...kommt nicht in Frage!
Ich hab` einiges an Geld und Arbeit reingesteckt um mir hier eine
Existenz aufzubauen.
-Und das lass ich mir weder von Dir",
er blickte dabei Mikka an.
„...-und einigen durchgeknallten dunklen Gestalten nicht wieder
zerstören!!!"

„Der „Dunkle" wird vor niemandem und nichts Rücksicht nehmen!
Er hinterlässt Trauer und Zerstörung!!!

-...habt ihr noch eine Flasche von diesem köstlichen Getränke?"

Mikka hielt Ralf die beiden leeren Flaschen entgegen.

„Klar, -unser Weinkeller ist noch gut gefüllt!
-Das hat Ma uns schon hinterlassen!"
Traurig nickte er dabei und stand auf.

Mit drei Flaschen in der Hand kam er kurze Zeit darauf zurück.

Mikka nahm sich schnell eine Flasche und öffnete sie wieder wie durch
Zauberhand.
Josie war sofort Feuer und Flamme!

Sie zog eine Flasche zu sich und fuhr mit ihrer kleinen Hand darüber.
-Nichts passierte!?

„Wie machst Du das?"

Mikka griff ihre Hand,
-vollführte zusammen mit ihr eine elegante Bewegung über den Flaschenhals,
...drehte ihre Handfläche nach oben...?
-...und der Korken lag darauf!

Josies Augen leuchteten.
„Nochmal!?"
Sie schob ihm die dritte Flasche zu.
Wieder hielt er kurz darauf den Korken in Händen.
Wir waren alle fasziniert!

„Magie!!!
-Die Kraft der Elemente!!!",
war seine Antwort auf Josies Frage.

43 (Howard Jones - Hide and Seek)

Birgit kam als erste wieder zum Wesentlichen.
„Wir haben seit einigen Jahren ein kleines Häuschen im Allgäu.
Es liegt ziemlich alleinstehend in Haag über dem Rottachsee."

Sofort waren wir alle bei ihr!

„Ich bin überzeugt dass wir ohne Probleme da hin können.
Meine Eltern sind eh gerade in Urlaub.
Der Schlüssel hängt bei uns am Sideboard und das Haus ist komplett eingerichtet.
Wir müssten nur Lebensmittel mitnehmen!?"

„Wie sollen wir dahin kommen?
-Habt ihr eine Kutsche?"

-Ralf nickte Mikka zu.

„Spannt eure Pferde an!

Wir sollten sofort los."
Verständnislos blickten wir ihn alle an.

„Hüa, ...hüa!"
Josie schwang die Arme wie ein Kutscher die Peitsche, -und lachte
dabei!

„Mikka,
-wir fahren mit einem Auto!!!"

44 (Rush - Red Barchetta)

Gemeinsam beratschlagten wir noch über Birgits Vorschlag.

-Aber schnell waren wir uns einig.
-Etwas Besseres fiel uns nicht ein!

Jeder ging und erledigte schnell das Nötigste.

Ralf gab Heike Bescheid und packte eine kleine Tasche.

„Sie werden uns trotzdem folgen und schnell finden!
-Aber vielleicht bleibt uns genügend Zeit um uns auf sie
vorzubereiten?"
Mikka warf sich seinen Mantel über und ging mit mir, -Birgit und Josie
zum Auto.

„-Das ist eure Kutsche?",
er beäugte Ralfs Käfer.
-da werden wir nicht alle Platz haben!?"
„Dein Schwert werden wir vorne in den Kofferraum legen müssen!",
sagte ich zu ihm.
„Niemals!",
entgegnete er entrüstet.
„Ich trenne mich niemals von „Skar"!"

„Tja, -dann legen wir es quer über unseren Schoss auf dem Rücksitz!"

-Ralf am Steuer,
-ich auf dem Beifahrersitz,
-Mikka links hinten,
-Birgit rechts hinten,
-Josie in der Mitte,
-"Skar" quer darüber!

Ein Bild für Götter!!!

Ralf startete den Motor, legte den Gang ein und fuhr los.

Mikka blickte verwundert!?
„Wie macht ihr das?"

Josie vollführte eine kunstvolle Handbewegung neben ihm.

„Magie!!!"

45 (Yes - Onward)

Wir fuhren noch kurz bei Birgits Elternhaus vorbei.

Sie holte noch ein paar Sachen und den Schlüssel und hinterließ ihnen eine Nachricht, -falls unser Aufenthalt länger dauern würde.

Dann holten wir Steffi ab.

-Ja, ...es wurde noch enger im Käfer!
Für kurze Zeit war es still im Auto.

Birgit brach schließlich das Schweigen.
„Haltet ihr das wirklich für eine gute Idee was wir jetzt machen?",
anscheinend hatte sie Zweifel bekommen.

„Hhm,
-mir fällt nichts Besseres ein!?"

Auf jeden Fall sitzen wir jetzt nicht mehr auf dem Präsentierteller!
Und wer weiß ob sie uns folgen!?"

Ich blickte im Rückspiegel Mikka an.
„Wie können sie es überhaupt?"

„Sie ziehen mit den Wolken und dem Wind!
Sie lassen sich treiben wie die Blätter eines Baumes,
-oder der Samen der von den Blumen geweht wird!
-Und auch sie haben uns gewittert!
Sie haben die Angst von jedem in sich aufgesaugt und sie werden erst
Einhalt gebieten, wenn sie diese Angst in sich aufgenommen haben!!?
-Unsere Angst wird sie schnell zu uns führen!!!"

„Hast Du auch Angst?",
Josie blickte zu ihm auf.

„Ja, -kleine Eloa.
Auch ich habe Angst!
Aber anders!!!
-Ich habe Angst um Dich!!?"

Josie nahm seinen Arm und legte ihn um sich.
„-Wenn ihr alle da seid, -habe ich keine Angst mehr!"

„Dann sei es so!",
entgegnete er ihr und drückte sie an sich.

46 (Marillion - Holidays in Eden)

Josie und Birgit sangen leise Kindergartenlieder.
Wir betrachteten die sich schnell veränderte Landschaft.

„Ralf!?",
Mikka holte uns aus unseren Gedanken.
„Warum wollt ihr Herbergsmann werden?

-Ihr solltet als Krieger durch die Landen ziehen und euch Ehre und Stolz im Kampfe verdingen!?"

Ralf blickte ihn durch den Rückspiegel an und schüttelte nur den Kopf.
„Der Typ ist doch komplett „durch"!!!"

Ich lachte.
„Willi hatte da zuletzt im Löwenhof einen neuen Ausspruch dafür!, … - er ist „Subfontanell schlecht möbliert!?"

„Ja, …das trifft`s komplett!!!"
Mikka lachte mit.

Birgit unterbrach ihren Gesang nur, - um Ralf zu navigieren.

Nach knapp über einer Stunde fuhren wir auf einer kleinen Straße Richtung Haag. Das war nicht mehr als ein paar einsame Höfe und Häuser über einer Bergwiese am Rottachsee.

-Grüne saftige Wiesen.
-Kühe und Pferde auf den Weiden.
-Alles blühte noch,
-aber der Herbst kündigte sich bereits durch bunte Blätter an den Bäumen an.

Es wurde auch wieder früher Dunkel, -und die Wiesen wurden schnell feucht gegen Abend.

„Stop!!!"
Ein Ausruf Mikkas holte uns wiederum aus den Gedanken und auch Josie blickte interessiert auf.

„Möge er die Kutsche anhalten!
Auf der Anhöhe steht ein kleines Haus Gottes!
-Wir brauchen noch geweihtes Wasser!?"

Das kleine Türmchen der Kapelle ragte in den Himmel.

„Wir sind gleich da!",
sagte Birgit.
„Lasst uns auspacken, -dann holen wir später das Wasser.
Wir haben auch kein Gefäß bei uns!?"

Mikka nickte zustimmend.

Kurze Zeit später.
„-Jetzt rechts in den kleinen Kiesweg."
Birgit zeigte es Ralf mit dem Finger.
Er setzte den Blinker und bog ab.

Langsam fuhr er auf ein schmuckes kleines Holzhäuschen zu.
Links davon stand ein kleiner Stadel, der als Garage diente.

Das Haus war ebenerdig und die Dachschindeln schimmerten rot in
der Nachmittagssonne.
Normalerweise ideal für einen traumhaften Kurzurlaub.

-Normalerweise!!?

Jeder streckte sich nach dem Aussteigen.
Nur Josie lief sofort auf die Wiese und pflückte ein paar Blümchen.

Freudig lief sie zu Birgit, die in der Zwischenzeit die Türe aufschloss ,
-und überreichte ihr das bunte Sträußchen!

„Danke schön!" Birgit machte einen Knicks vor ihr.
„Aber jetzt kommt erstmal alle rein."
Nacheinander traten wir ein und sahen uns um.

Alles lag im Halbdunkel.
Ein etwas muffiger Geruch lag in der Luft.

Von einem kleinen Vorraum kam man in die große Wohnküche.

Birgit und Steffi zogen die Vorhänge zurück und öffneten die Fenster.

In der Mitte des Raumes stand ein großer Holztisch, an dem sicher zehn Personen Platz hatten.
An der Wand darüber ein stabiles Holzregal, mit unzähligen Flaschen Likör und Schnaps.
Die Küche war einfach ausgestattet, -mit einem Gasofen mit vier Platten, einer Spüle daneben und einem Geschirrschrank.

Das Prunkstück aber war ein großer Kachelofen, der neben dem Gasofen in die Ecke gemauert war und sowohl eine steinerne Sitzbank an den Kacheln bot, ...als auch eine kleine Liege- oder Ablagefläche darauf.

-Und es gab einen kleinen Lagerraum, dessen Rückwand mit einem Weinregal ausgestattet war.
Prallgefüllt!

Es war alles sehr gemütlich.

Von der Wohnküche führte eine Tür in ein kleines aber feines Badezimmer mit Dusche und WC.
Hinter weiteren Türen befanden sich zwei Schlafzimmer mit jeweils einem Doppelbett und je einer Couch, die man zu einem großen Bett ausziehen konnte.

„Wir werden uns aufteilen.
Männlein und Weiblein!?"
Birgit blickte zuerst mich und dann Steffi an.
„Passt schon!",
ich nickte und blickte zu Mikka.
„Schnarchst Du?",
fragte ich ihn.
„Was meint ihr???
-Äh, ...Du?"

Wieder lachten wir alle.

Nachdem wir unsere Sachen und die wenigen Lebensmittel ausgepackt hatten, wandte sich Mikka an mich.

„Geralt Wolfsauge,
...kommt mit mir, wir werden geweihtes Wasser holen.
Dabei können wir das Anwesen und dessen Umgebung inspizieren!?"

Ich nickte und holte aus dem Geschirrschrank zwei große Krüge mit Deckel.
„Reicht das?"
-Er bejahte.

„Ich werde mich ums Haus umschauen und Fenster und Türen kontrollieren."
Ralf.

„Und wir Mädels werden versuchen uns etwas vernünftiges zu Kochen!
Wie wärs mit Spaghetti Bolognese?"
Birgit schaute Josie an und die grinste freudig.

„Au ja, ...mit ganz viel Soße, ...so wie sie meine Mami immer gemacht hat!?",
schob sie doch etwas traurig hinterher.
Birgit ging mit ihr zum Herd.
„Steffi setz` schon mal nen Topf mit Wasser auf!"

„Jawoll! ...-Chefin!!"
Steffi salutierte vor ihr und brachte damit Josie wieder zum Lachen.

-Ziel erreicht!

- 3 -

Erde

47 (Everon - Silent Grace)

„Mikka?",
wir liefen gemeinsam das kleine Sträßchen entlang.
„-können wir sie aufhalten?
Haben wir überhaupt eine Chance???"

Mikka zuckte leicht die Achseln.

Es war ein eigenartiges Bild, das wir aktuell lieferten.

Ein drahtiger junger Mann in Jeans und weißem Leinenhemd,
-und neben ihm ein großer, breitschultriger in schwarz gekleideter
„Engel?",
...aus dessen langem Mantel ein Schwertknauf ragte!!!

...Allgäu-Idylle!?

Wir schauten uns in alle Richtungen um, bevor wir in das kleine
Kirchlein traten.

Es war niemand in der Kapelle.

Eine angenehme Kühle umgab uns und es lag ein leichter
Weihrauchduft in der Luft.
Mikka ging auf die Knie und bekreuzigte sich.

„Verbeuge er sich vor seinem Antlitz!!?",
flüsterte er ehrfürchtig zu mir.

„Ich verbeuge mich nur dann wenn ich es für nötig halte!",
entgegnete ich ihm ernst.
„-Aber vielleicht ist es jetzt gerade nötig!?"

Ich folgte seiner Aufforderung!

Der Weihwasserkessel war knapp zur Hälfte gefüllt.
Ich nahm die Krüge und füllte sie.

-Er hatte uns bisher noch nicht gesagt wofür wir es bräuchten!?

Schnell zog er sein Schwert und hielt es über den Kessel.
Mit seiner rechten schöpfte er Wasser über die leuchtende Klinge.

Ich sah ihn fragend an.

„Damit gleitet es besser durch Dämonen,
- und ihr hässlicher Geruch bleibt nicht haften an seiner Klinge!!!"
Er sprach über sein Schwert wie über einen Freund.
-Aber „Skar" war mehr als ein Freund für ihn!

Wir traten nach draußen und schauten uns wieder um.

Das kleine Haus stand vielleicht einen Kilometer entfernt an einem
kleinen Abhang, an dem unterhalb der „Rottachsee",
-ein relativ großer, künstlich aufgestauter See lag.
Auf der schmalen Straße herrschte so gut wie gar kein Verkehr,
-und auch Fußgänger und Radfahrer traf man hier nur selten.
Links und rechts war in weitem Abstand kein weiteres Haus zu sehen.
Es war nur umgeben von schönen grünen, saftigen Almwiesen.

Birgit lag richtig.

-Es war der richtige Platz für uns!!?

Beide sogen wir die Luft durch die Nase und für einen kurzen Moment
spürten wir eine angenehme Zufriedenheit.

Mit den gefüllten Krügen in der Hand gingen wir zurück.

Ralf hatte zwischenzeitlich das Haus von innen und außen inspiziert
und war mit dem Ergebnis sichtlich zufrieden.
Er kam uns auf halbem Wege entgegen und berichtete.

Alle Fenster waren gut zu verriegeln und auch das Dach war komplett
in Takt.
Das wichtigste war aber, dass wir von jedem Zimmer einen idealen
Blick über Wiesen und Felder davor hatten.

Es konnte sich niemand vor uns verstecken!

-Wenn wir aufmerksam waren???

48 (Genesis - Suppers Ready)

Wir klopften.

„Wie heißt das Losungswort?"
Birgit machte sich einen Spaß mit uns.

Mikka sah mich fragend an und Ralf grinste!

„Hhm?
-Apfelbaum???",
rief ich.

Lachend öffnete sie uns und drückte mir einen Kuss auf die Wange.
Mikka hielt ihr auch sofort die Wange hin.

Mit einem tiefen -„Mhhhhh"- knutschte sie ihm einen Schmatzer
drauf.
„Die irdischen Gebräuche werden mir immer angenehmer!!!
-Frau von Geralt Wolfsauge!",
und er zwinkerte ihr zu!

Ich schob ihn nach drinnen und wir setzten uns an den großen Tisch.

„Wie viele Fenster gibt es hier?",
seine Frage war an Ralf gerichtet.

„Acht!",
entgegnete Ralf.
„Zeig es mir mit den Fingern?",
sagte er auffordernd zu ihm.

„Sag bloß du kannst nicht zählen?"

Ralf blickte ihm in die Augen.

„Weder das was ihr Zählen, ...-noch das was ihr Schreiben nennt!?"
Er beschönigte nichts!
„Ich brauche so viele Gefäße wie ihr soeben gesagt habt!"

Seine Aufforderung war jetzt an Steffi gerichtet, -die neben dem
Geschirrschrank stand und Josie einen Teller nach dem anderen fürs
Essen reichte.
Diese lief dann mit jedem einzelnen Teller zum Tisch und platzierte
diese.

„Und dann, -Steffi – Hexenmeisterin,
...reichet mir noch ein größeres, -aber durchsichtiges Gefäß!"

Mikka füllte jedes kleine Glas mit geweihtem Wasser und stellte es vor
jedem Fenster auf den Sims.
Den Rest leerte er in das große Glas und stellte es mitten auf den
Küchentisch.

In jedem unserer Gesichter formte sich ein Fragezeichen!?

„Geweihtes Wasser reagiert auf die Anwesenheit von Dämonen!
Ungeachtet der natürlichen Bewegungen des Wassers durch
Erschütterungen oder Sonstiges bilden sich in Anwesenheit der
dunklen Gestalten gleichmäßige Wellenbewegungen, -die uns ihre
Anwesenheit ankündigen!
-Wir sollten nur ein Auge darauf haben!?"

Tief beeindruckt verfolgten wir seine Ausführungen!

Josie hatte in der Zwischenzeit den Tisch komplett mit Tellern und
Besteck eingedeckt.
„Essen ist fertig!",
rief sie dann freudig und setzte sich zwischen Mikka und mir an den
großen Tisch.

Ralf brachte zwei Weinflaschen, die Mikka wieder wie gewohnt öffnete.

Steffi stellte eine große Schüssel mit dampfenden Spaghettinudeln auf den Tisch und Birgit brachte einen Topf mit herrlich duftender Bolognese-Soße.

Jeder schöpfte seinen Teller voll.
-Auch Mikka.

Aufmerksam schaute er Josie zu und machte auf seinem Teller das gleiche wie sie.
Mit der Gabel rührte sie die Soße unter die Spaghetti und rollte dann ein paar Nudeln am Tellerrand auf.

Sie nahm dann zwei, drei lange Nudeln zwischen die Lippen und saugte diese mit Tempo und Vehemenz ein, -so dass die Nudelsoße über ihr Gesicht und den halben Tisch spritzte!

-Mikka tat es ihr gleich!
Mit der freien Hand wischten sie sich dann grinsend die Soße von der Nase und aus dem Gesicht,
-und rollten die nächste Gabel auf.

„Sooo macht Essen Spaß!?"
Mikka klatschte Josie ab!

...es schmeckte sehr, sehr gut!
Steffi räumte danach den Tisch ab und Birgit säuberte Josie von den Überresten der Spaghettisoße.

Ralf`s Blick fiel auf das Regal an der Wand. An einer halbvollen Flasche „Asbach Uralt" blieb er hängen.
Er nahm sie vom Regal und stellte sie vor sich.
„Kennst Du noch den Spruch, -den Pa immer dazu zum Besten gab?!?"

Ich nickte und holte ein paar kleine Schnapsgläser aus dem Schrank.
Gemeinsam fingen wir an:

„... -Wenn dich einer pudelnackt,
von hinten an der ...Hm?, ...hm?, ...packt!?"

„-an der „Nudel!!!"
…Ralfie!
„…das heißt an der „Nudel" packt!!!"
Josie rief es ihm zu und lachte dabei wie ein „kleiner Dreckfresser"!?

Wir alle lachten mit, …-vor allem über Josie.

-Aber bei allem Spaß ließen wir das große Glas nicht aus den Augen!!!

Es wurde Abend.

Wir feuerten den Kachelofen an und setzten uns rings rum.
Josie legten wir mit einer Decke auf die Ablage.
-Kurze Zeit später schlief sie tief und fest!

„Wir müssen sie ans Wasser locken!?"
Mikka sprach als Erster.

„-Wen?",
Birgit schaute ihn an.

„Die „Angstesser!!!
-Sie können nicht schwimmen und Wasser ist wie Gift für sie!"

„Und Luzifer?",
ich blickte alle an.
-Jeder schaute für einen kurzen Moment zu den Fenstern als ich seinen Namen erwähnte.
„Ihn können wir nur in der Gemeinschaft verbannen!
-Es muss uns gelingen einen Kreis um ihn zu bilden und ihn mit unseren vereinten Kräften in die Dunkelheit der Hölle zurück zu drängen.
Danach werde ich sein Verlies versiegeln und es werden weitere tausend Jahre vergehen müssen,
…ehe sein ungeliebtes Antlitz wieder für kurze Zeit die Schönheit des für ihn unerreichbaren irdischen Lebens wahrnehmen darf!!!"

Wir saßen noch die ganze Nacht um den Ofen.

Keiner wollte ins Bett,
...jeder fühlte sich in unserer Gemeinschaft geborgen!!!!

Wir unterhielten uns noch lange und es wurde eine ruhige Nacht.

Ich blickte durch eines der Fenster in den Nachthimmel.
-In zwei Tagen wurde Vollmond!?

-Keine Erschütterung des geweihten Wassers beunruhigte uns.

Und so wurde es nächster Morgen!

49 (Rush - Losing it)

Obwohl außer Josie niemand von uns so richtig geschlafen hatte
fühlten wir uns nicht müde.

-Im Gegenteil.
Jeder war aufgekratzt und angespannt.

Die Sonne ging über den naheliegenden Bergen auf und Birgit kochte
Kaffee.
Wir saßen auf der kleinen Terrasse hinter dem Haus und blickten auf
den See unterhalb.
Es waren schon einige Fischer mit kleinen Booten unterwegs.
Über den nahen Bergen zogen Windfahnen auf.

„Das Wetter wird umschlagen!
Heute Abend wird Ostwind aufkommen und die erste Herbstkälte
wird durch die Ritzen des Holzes ziehen!"

Mikka hielt die Nase hoch.
Er saß als einziger in einem ärmellosen Top auf der Holzbank.
Seine muskulösen Oberarme waren mit schön geschwungenen Runen
tätowiert.

Josie bewunderte sie.
„Sowas möchte ich auch haben!",
sagte sie zu ihm.

„-Da solltest Du aber erst deine Mutter fragen!?",
entgegnete ihr Birgit und sofort hielt sie sich erschrocken die Hand vor
den Mund!
„Tut mir leid Josie."
Sie strich ihr über den Arm.
„Schon okay!".

Josie stand auf und lief auf die Wiese ins hohe Gras.
„Steffi komm, …hier können wir schön Verstecken spielen!?"
Steffi schüttelte ihre Haare.
„Lass mich noch kurz meinen Kaffee austrinken, -dann komm ich!"

„-Ich verstecke mich schon mal!"
Josie duckte sich unter das fast einen Meter hohe Gras und schlich sich
davon.

„Ralf und ich werden nachher zum See runtergehen und uns da unten
etwas umschauen."
Ich blickte zu Birgit und Mikka.
Diese nickten.

„Wir werden hier oben die Stellung halten und auf die Kleine und uns
aufpassen!"

-Birgit spürte dass ich mit Ralf über den Tod unserer Mutter sprechen
wollte.

50 (Within Temptations - Memories)

Ein kleiner Trampelpfad, -ziemlich zugewachsen, -zog sich durch die
Almwiese bis zum See.

Das Gelände war ziemlich steil und man konnte uns sehr lange von oben sehen.

Ralf hatte Asi dabei und den Dolch in die Innenseite seiner Weste gesteckt.

Mikka hatte ihn gebeten diesen mitzunehmen!

„Wir sollten immer auf das Äußerste vorbereitet und wachsam sein!!!", gab er uns dann mit auf den Weg.

Am Ufer des Sees angekommen wanderten wir auf die andere Seite, -wo sich die Liegewiese für Badegäste und der Bootssteg befand.

Es war Ende September, die Schulferien waren vorüber und das Wetter war am umschlagen. Dadurch waren bis auf ein paar Angler und Spaziergänger niemand sonst an und auf dem See.

Ralf sagte nichts.
-Aber ich brach das Schweigen.

„Wie solls jetzt weitergehen?
Was machen wir wenn wir wieder nach Hause kommen?
-Wenn wir je wieder nach Hause kommen???", schob ich hinterher.

„Dann werden wir einiges erklären müssen?
-Wenn wir das überhaupt können!?"
Er zupfte einen langen Grashalm ab, spannte ihn gekonnt zwischen Daumen und Handballen seiner Hände und blies kräftig dazwischen. Ein quietschendes Krächzen tönte heraus.
„-Das hab` ich lange nicht mehr gemacht!"

Durch das Krächzen war eine große, schwarze Krähe aus dem nahen Feld aufgeflogen und kreiste jetzt über uns.

-Ich dachte mir nichts weiter dabei!?

„Wir haben außer ihren Schuhen und ein paar blutigen Kleidungsstücken nichts was wir beerdigen lassen können!"

„Es bleibt uns nur Erinnerung!"
Ralf warf dabei einen Stein ins Wasser.

„Tja,",
ich nickte und warf einen Stein hinterher.

Mir fiel eine Textzeile eines Liedes ein.

„...- und morgen, wird Erinnerung nur noch Vergangenheit sein!"

51 (Peter Gabriel - Game without frontiers)

Obwohl wir uns noch intensiv darüber unterhielten, beobachteten wir dabei umsichtig die Umgebung und Gegebenheiten.

Nach knapp zwei Stunden gingen wir wieder über den kleinen Pfad zurück.

-Die Krähe kreiste noch immer über uns.

„Ihr wart aber lange weg!?"
Josie kam uns von oben entgegen.

Ich nahm sie auf meine Schultern und Ralf zeigte ihr wie das „Grasblasen" ging.
Eifrig machte sie sich daran es ihm gleich zu tun.

Tatsächlich schaffte sie es schon beim zweiten Versuch und stolz führte sie es nun Mikka vor, -der wieder einmal sein Schwert schärfte.

Wir holten uns Kaffee und setzten uns zu ihm auf die Bank.

-Birgit und Steffi saßen drinnen am Küchentisch und Steffi lackierte ihr die Fingernägel mit der Mixtur aus dem kleinen Fläschchen.

„-Auch ich möchte bewaffnet sein!",
entgegnete mir Birgit auf meinen fragenden Blick.

Mikka steckte sein Schwert weg und schaute ins Tal.
„Sie kommen schneller als ich dachte!
-Luzifer hat seine Späher schon ausgesandt!"
Jetzt hob er die Hand zum Himmel und wir blickten nach oben.

-Die Sturmkrähe!

Er hatte es uns zugeflüstert so dass Josie es nicht hören konnte, -die
wieder ein paar Blumen pflückte.

„Und verlieret kein Wort darüber zu ihnen!",
er zeigte in die Küche.
„Wir wollen sie nicht in Aufruhr versetzen und zusätzliche Ängste
wecken!
-Vergesst nicht,
...Angst ist ihr Lebenselixier!!!"

„Ich möchte zum See und Boot fahren und ihr müsst alle mitkommen!"
Josie lief zwischen uns hin und her.

Sie fühlte sich hier sichtlich wohl.

„Hhm!?",
fragend schaute ich zu Mikkael.
„Auf dem Wasser sind wir sicher!",
entgegnete dieser nickend.

„Und ein bisschen Abwechslung tut uns allen gut!"
Ralf stand auf.

„Ich sag den Mädels Bescheid!"
Es ist eine gute Idee!, - und ein Ventil!
...dachte ich bei mir.

Jeder von uns steht unter Spannung und hier oben!?

-Ohne etwas zu unternehmen, -würde es vielleicht bald untereinander
zu Spannungen kommen!?
-Denn jeder hatte mit seiner eigenen Angst zu kämpfen!!!

52 (Sylvan - Given, -Used, -Forgotten)

Wir packten einen kleinen Rucksack, den Steffi mitgenommen hatte
und liefen den Pfad nach unten.

Mikka hatte vorher noch an jede Türschwelle ein Gefäß mit Weihwasser
gestellt.
„So werden sie nicht über die Schwelle treten,
-sollten sie unerwartet auftauchen!?"

Josie saß wieder auf meinen Schultern und sie klopfte mir mit einem
kleinen Stock immer wieder auf den Rücken.

„Hühott mein Pferdchen!
-Lauf, ...lauf!"
Ich versuchte ein wieherndes Geräusch zu machen, was mir aber
sichtlich misslang!?

Steffi und Birgit hatten sich gegenseitig an der Armbeuge eingehängt
und liefen in Gespräche versunken ein paar Meter voraus.

„Sei mir jetzt bitte nicht böse, -wenn ich dich das frage?",
Birgit blickte Steffi kurz an.
„...-Aber bist Du menschlich!?"

Steffi schaute zurück.
„...Wie erklär ich dir das am Besten?
-Ja, -menschlich bin ich, ...aber nicht so wie ihr?
Ich fühle, ...ich spüre, ...-und ich kann auch lieben!!!
-Aber, ...ich kann keines normalen Todes sterben!?
-Nur durch Dämonenhand oder von Auserwählten,
-die „Er" schickt!"

Ihr Blick glitt zum Himmel.
„Ich altere auch nicht so wie ihr alle!
Was für euch zehn Jahre sind, …-ist für mich nur eines!!!
Da ist es halt auch mit Beziehungen schwierig!?"

„Wie läufts grad mit Schaufel?"
-Sie waren jetzt doch schon seit über einem halben Jahr „zusammen"!?

„Mal so, …-mal so!?
Vielleicht sollte ich ihm von meiner Besonderheit bald erzählen!?
-Verdient hätte er es!"

Birgit nickte und schaute sie wieder an.
Diesmal einerseits fasziniert, -andererseits ungläubig.

„Aber, …Du hättest dich doch schon von viel früher zu erkennen geben
können,
…-uns helfen!??,
…-oder es sogar in einigen Situationen gar nicht so weit kommen
lassen können???"
Jetzt klang es anklagend.

„Schon,
…aber wir haben vor „Ihm" einen Eid geschworen!
Und wir mussten uns sicher sein, dass Ralf und Geralt zu den
Auserwählten gehören!?"
Sie knickte einen hohen Weidenhalm ab und wedelte umher.
Birgit hakte jetzt nach.
„Wenn ich Dich also richtig verstehe, …heißt das,
…Du???,
…-und wer weiß wer noch???,
-habt uns quasi als Marionetten in eurem Rollenspiel benutzt???"

Sie sprach jetzt um einiges lauter, …-und wir konnten es alle hören!?

Mit ruhiger Stimme und immer noch mit dem Weidenhalm wedelnd
antwortete Steffi ihr.

„ -Ja, …so kann man es wohl ausdrücken!!!"
Sie sagte es,
…-und sie meinte es auch so!!!

Birgit blieb abrupt stehen und ließ sie alleine weiter gehen.

Auch wir gingen an ihr vorbei.
„Was los???",
fragte ich sie neugierig im Vorübergehen.

„…-Ach ,
…-ihr,
…Ihr könnt mich alle mal!!!"
Sie rief es mit hochrotem Kopf.

Josie drehte sich sofort auf meinen Schultern zu ihr um.
„Birgit, …Birgit!"
-mit ausgestrecktem Finger zeigte sie mahnend auf sie.

„…-Noch einmal wenn ich das von Dir höre, …-dann musst Du aber
auf die „Stille Treppe" !!!
-Merk Dir das, -mein Kindchen!!!"

-Was eine Sechsjährige nicht so alles aus dem Kindergarten mitnimmt!?

…-aber Birgit und auch uns entlockte es doch ein kleines Lächeln!

53 (Nightwish - Walking in the air)

Ralf und Mikka kamen hinterher als wir am Bootsverleih ankamen.
-Er hatte sich vehement geweigert „Skar" dazulassen,
…- und ich hatte auch schnell aufgehört mit ihm darüber zu
diskutieren.

Wenigstens hatte er es jetzt komplett unter seinen Mantel gesteckt!

-Aber wir waren nach wie vor nicht mehr alleine!!!
Immer wieder hörten wir die Krähe krächzen!

Der Tretboot-Verleih hatte noch geöffnet.

Wir wurden zwar etwas misstrauisch beäugt, -aber nachdem wir ihm
ein ordentliches Trinkgeld gegeben hatten, - konnten wir mit zwei
Booten ablegen.

„Mädchen gegen Jungs!",
rief Josie aufgeregt und setzte sich gleich vors Lenk-? - Steuer-? -Rad.
Birgit und Steffi mussten treten.
„Kommt schon, -holt uns ein!?"
Birgit hatte sich wieder beruhigt.

Lachend traten sie los.

Ralf und ich setzten uns nach vorne und Mikka machte sich ziemlich
verkrampft hinten breit.
Irgendwie war ihm nicht geheuer!?
Er spürte meinen Blick.
„Ich bin kein besonderer Schwimmer, …-und hab`s auch nicht so mit
Wasser!?"

…- und dann noch mit Ledermantel und Schwert!!!

Aber es wurde wirklich eine willkommene Abwechslung.

Wir spielten Piraten und spritzten uns gegenseitig nass.
Josie reichten wir immer wieder von Boot zu Boot hin und her.
Auch Mikka entspannte sich sichtlich, …- aber trotzdem war er der
Wachsamste von uns.
Immer wieder ging sein Blick zum Himmel und streifte links und
rechts zum Ufer.

Wieder einmal wurde Josie vom Mädelsboot zu den Jungs
rübergereicht.

Steffi beugte sich nach vorne und Ralf nahm sie ihr ab.

Birgit stand neben Steffi und als Ralf Josie fest in Händen hatte,
-gab Birgit Steffi mit der Schulter einen Schubs, …und diese fiel
klatschend kopfüber ins Wasser.

Prustend tauchte sie wieder auf.
„Das hast Du doch mit Absicht gemacht!?",
Steffi schüttelte ihre Haare und Birgit hielt ihr sofort die Hand entgegen
um ihr wieder ins Boot zu helfen.

„Tut mir leid!",
sofort kam die Entschuldigung von Birgit.

Triefend nass saß dann Steffi im Boot und wrang ihre Haare aus.

…-Birgit legte nach.
„Also bisher habe ich ja noch nichts von deiner sprichwörtlichen
Hexerei oder Macht zu sehen bekommen???"

-Sie provozierte Steffi jetzt und Mikka und ich beobachteten es vom
anderen Boot.

Mikka legte die Stirn in Falten.
„Was geht da vor sich, - Geralt Wolfsauge?"

„Willst du nicht wissen!?, …-und halte dich ja raus aus dem Ganzen!!!
-Schlimmer als alles andere!!!",
versuchte ich ihm zu erklären!?

„Zickenkrieg!!!"
Steffi wischte sich die Wimperntusche aus den Augen und fragte dann
Birgit.
„-Möchtest Du gerne mal übers Wasser laufen?"

„Wer will das nicht???…",
antwortete Birgit lapidar.

„Probier`s doch aus!?"
Steffi machte eine einladende Geste zu ihr.

Langsam beugte sich Birgit über den Rand des Bootes und legte ihre flache Hand aufs Wasser.
-Sie drückte.
Die Oberfläche gab nicht nach.
Birgit stand auf und sachte trat sie mit einem Fuß aufs Wasser.

-Wie wenn man auf dünnem Eis geht, ...tastete sie sich darauf.

Steffi hatte jetzt ihre Arme ausgebreitet und ihre Hände zeigten zur Oberfläche.
Sie murmelte wieder etwas dazu.

Erstaunt und fasziniert beobachteten wir das Szenario vom anderen Boot.

Birgit stand jetzt mit einem Bein auf dem Wasser und balancierte dabei wie bei einem Drahtseilakt!?

Vorsichtig setzte sie jetzt das zweite Bein auf die Oberfläche und stand nun komplett auf dem Wasser.
Mit offenem Mund blickte sie staunend an sich herab.

Sie ging einen Schritt vom Boot weg.
Dann hob sie die Hände, ging leicht in die Knie und hüpfte mit beiden Beinen nach oben.

In diesem Moment zog Steffi ihre Arme zurück und Birgit fiel spritzend ins Wasser.
Sofort hielt Steffi ihr die Hände entgegen, um auch ihr aus dem Wasser zu helfen!
„...-tut mir auch sehr leid!!!
-Aber jetzt steht`s Unentschieden!?!"

Birgit ließ sich von ihr helfen und beide saßen dann triefend nass nebeneinander.

„...Das war aber lustig!!!",
Josie lachte und klatschte dabei in die Hände.

Steffi und Birgit sahen sich einen Moment lang an, -dann nahmen sie sich in die Arme und lachten auch!

„Puh, ...-Glück gehabt!?!,
meinte ich dann zu Mikka,
...der nur den Kopf schüttelte.
„Jetzt aber schnell zurück, bevor sich noch jemand eine Erkältung einfängt!"
Ich trat mit Ralf in die Pedale.

Man merkte Mikka die Erleichterung an, als er wieder festen Boden unter den Füßen hatte!!!

„Danke!"
Josie flüsterte es mir leise ins Ohr.
„Das hat mir sehr viel Spaß gemacht!"

Dann rannte sie schnell an Mikka vorbei.
„Gell, ... - du kleiner Angsthase!!!"
Sie lachte ihn an und drängte sich zwischen Birgit und Steffi.

Zufrieden gingen wir zurück.
Wir spielten jetzt „Engele, ...Engele - flieg!" mit Josie und schwangen sie immer wieder in die Luft. -???

„Genießt diese Augenblicke!
-Ich spüre dass es schon bald anders kommen wird!?"
Jetzt war Mikka nicht nur „Angsthase", ...- sondern auch noch „Spielverderber"!

-Aber wir hatten wirklich für eine kurze Zeit die Realität hinter uns gelassen!

54 (Saga - The Perfectionist)

Es fing schon an leicht zu dämmern als wir am Haus ankamen.

Wolken sammelten sich am Alpenhauptkamm.
Das Gras wurde feucht und ein kühler Wind liess die Halme auf und ab
schwingen.

Wir blickten uns noch einmal um und gingen dann nach drinnen.

„Hunger!",
-meldete sich jetzt Josie,
…die die letzte Viertelstunde wieder müde auf meinen Schultern saß.

-Ja, …das hatten wir jetzt alle.

Josie bekam den Rest der Spaghetti von gestern und wir machten uns
über ein paar Dosen Wurst mit einem Laib Brot her.

-Wein durfte natürlich auch nicht fehlen!

„Erzähl`s mir,
…wie ist es im Himmel?"
Birgit setzte sich neben Mikka und schenkte sich ein Glas ein.

„Wie stellt ihr ihn euch vor?",
war seine Antwort.

„Hell, -sonnig, -bunt, -blumig, -friedlich…,
-einfach himmlisch!!?,
-so wie man sich den Himmel bei uns halt vorstellt!!?"
Birgit blickte in seine blauen Augen.

Er nickte etwas gedankenverloren.
„Dann soll er so sein!?!"

Hatte sie eine Träne in seinen Augen gesehen?

„Du trinkst heute gar nichts?",
-ihr war es aufgefallen.

„Nein, …-heute trinke ich nicht!!!"

Sie erkannte an seinem Gesichtsausdruck warum!?

Steffi spülte das Geschirr ab und Ralf sortierte es ein.

-Josie war wieder auf dem Kachelofen eingeschlafen,
...es schien ihr Lieblingsplatz zu sein!?

„Krieger?
-Krieger, ...kommt zu mir!"
Mikka rief es an der Terrassentüre.

„Ich bin da.",
antwortete ihm Ralf aus der Küche.
Er schnappte sich seinen Kapuzenpulli und trat jetzt zu Mikka nach
draußen.

„Habt ihr,
...ah, - Du!?
-habt ihr „Asi" bei euch?"
So langsam gewöhnte er sich daran.
„Nein, ...ich hab den Dolch zu meinen Sachen in die Tasche gelegt!"
Ralf antwortete ehrlich.

„Das solltet ihr aber!
Ihr solltet „Asi" immer bei euch führen in diesen gefährlichen Zeiten!
In eurer Tasche kann er euch keine Hilfe sein!?"
Seine Stimmlage war etwas schärfer geworden und er war wieder per
„Sie" mit ihm.
„Dann geht schnell und holt ihn!"
Ralf nickte und kam kurz darauf mit dem geschwungenen Dolch
zurück.

-Ich setzte mich nach draußen auf die Bank und beobachtete sie.

In der Zwischenzeit war es fast dunkel und die Terrasse lag im noch
schummrigen Licht des Mondes.
-Morgen zeigte er sich in voller Pracht und er schickte sein mächtiges
Licht schon jetzt zu uns.

Eine innere Unruhe breitete sich wieder einmal in mir aus!?

„Zeigt mir wie ihr die Klinge führt!?"
Mikka baute sich vor Ralf auf.
„Greift mich an. ...-Los!"

Es war eine klare Aufforderung an Ralf,
- und der folgte ihr.
-Er war schließlich der Krieger!?

Er hatte „Asi" in der rechten Hand und die Klinge leuchtete schwach
im Mondlicht.
Schnell und mit Wucht stieß er zu.

Doch noch viel schneller drehte sich Mikka zur Seite, packte Ralfs
Handgelenk,
-drehte es und kickte mit dem Knie den Dolch zu Boden.

Gleichzeitig stand er nun hinter ihm und hielt ihm wie aus Geisterhand
„Skar" an den Hals.

„Nicht schlecht,
...-gar nicht schlecht!
-Aber ich konnte die Klinge sehen und somit erkennen was ihr
vorhattet!",
sagte er zu ihm.
Dann steckte das Schwert zurück und stieß Ralf von sich.

„Was denkt ihr, -warum die Klinge so geschwungen ist?"
Er sah Ralf fragend an.
Dieser hob „Asi" auf und sein Blick glitt die Klinge auf und ab.

„Damit es richtig weh tut, ...wenn ich sie in meinem Gegner hin- und
her drehe!?"
Es war halb Feststellung, - halb Frage von ihm.

„Wenn ihr soweit kommt, ...-dann möget ihr Recht haben!
-Aber ihr habt ja gesehen und gespürt...!?"

Mehr brauchte er Ralf nicht zu sagen.

„Zeig es mir!"
Jetzt war es die Aufforderung von Ralf an Mikka.
Gespannt verfolgte ich das ganze.
-Und auch Birgit und Steffi standen jetzt im Türrahmen und schauten
amüsiert und fasziniert zu.
Ralf reichte ihm den Dolch.

„ „Asi" tötet aus dem Unsichtbaren!
Haltet den Dolch so,
…-und er wird für eure Gegner unsichtbar!?!"

Er hielt den Dolch am Heft, -versteckt in der Hand,
-doch so, dass die Klinge nach oben zum Ellbogen zeigte und sich
durch seine Biegung an seinen Unterarm schmiegte.

Mikka ging mit beiden Armen locker an der Hüfte hängend auf Ralf zu
und man konnte nicht erkennen in welcher Hand sich der Dolch
befand.
„So lässt sich das Heft von „Asi" bei der kleinsten Bewegung deiner
Finger drehen, …-und plötzlich taucht er aus dem Nichts in deiner
Hand auf!!"

-Tatsächlich.
Wie aus Zauberhand schimmerte plötzlich wieder die Klinge vor Ralf.
Mikka ließ die Klinge noch ein paar Mal herumwirbeln und hielt sie
dann mit dem Heft voraus Ralf entgegen.

Dieser nickte beeindruckt.

„Danke für diese Lektion.
Ich werd` heut Nacht noch ein bisschen üben!"

Mikka klopfte ihm auf die Schulter und wir gingen alle wieder nach
drinnen.

„Dann denkst Du dass es morgen so weit sein wird?",
fragte ich ihn.

„Ich weiß nicht was das Dämonenpack geplant hat??
-Aber sie sind hier.
-Ich kann ihre Anwesenheit spüren!"

Irgendwie schien fast jeder leicht zu frösteln,
-denn auch Steffi und Birgit streiften sich Pullover über.
Josie hatten sie zuvor in einer warmen Decke zu Bett gebracht.

„Ihr solltet alle etwas schlafen.
Ich werde wieder über Euch wachen!"
Mikka zog seinen Mantel enger um sich, holte einen Stuhl und setzte
sich vor die Terrassentüre.

Birgit kam zu mir.
„Schlaf gut!
...-wir werden das hinkriegen!
-...das spüre ich!"
Sie küsste mich leicht und sanft.
Dann ging sie zu Mikka.

„Du bist ein guter Mensch?,
...-Engel?, ...-was auch immer???"
Sie drückte ihn kurz.
„Gute Nacht!"

55 (Genesis - Afterglow)

Mikka nahm sich Ralfs Tabakbeutel vom Tisch und versuchte sich am
Drehen.
Er hatte Ralf etliche male ganz genau dabei beobachtet.

Nach einigen Versuchen hatte er den „Dreh" raus.

Leise machte er die Terrassentüre auf und setzte sich draußen auf die
Bank.

Er schnipste mit dem Mittelfinger am Daumen und eine kleine blaue
Flamme züngelte auf.
Genüsslich sog er dann den Rauch ein und lehnte sich zurück.

Er blickte hoch zum Mond, der nun in seiner fast ganzen Größe am
Himmel stand und auch er verfing sich in Gedanken.

56 (Robert Berry - Watcher of the skies)

...-Einst waren sie Freunde!

Sie gingen im Himmel nebeneinander her.

Luzifer und Mikkael.

„Mir gefällt hier alles nicht mehr!
-„Er" wird mir zu gütig!"
Luzifer klagte „Ihn",
...und somit auch Mikkael an!?

Mikkael musterte ihn.

Luzifer war noch ein klein wenig größer wie er,
-und dazu noch um einiges kräftiger!
Sein geschwungenes Schwert hatte er an einem hellbraunen
Ledergürtel um die Hüften gebunden und an seinen Stiefeln steckten
links und rechts zwei Messer im Schaft.

Die Gesichtsfarbe war genauso hell wie die von Mikkael,
-nur hatte er tiefliegende, dunkelbraune Augen,
die listig und argwöhnisch um sich blickten.

Den größten Unterschied zwischen Beiden machten aber ihre Flügel
aus!?!

Mikkaels waren nach oben gefaltet, -wie die eines Habichts im Sturzflug,
-...und sein Gefieder war strahlend weiß!

Luzifers Flügel aber sahen aus wie die eines Geiers, -mit starken Schwungfedern.
-...und rabenschwarz!!!

„Ich werde ihn zur Rede stellen müssen!?
Er kann nicht einfach jede Seele in den Himmel holen!?
-Es muss eine Auslese geben,
...-vor allem mit verdorbenen und verlorenen Seelen!!!
Für diese sollte ein separater Aufenthaltsort geschaffen werden!?"

Mikkael konnte Feindseligkeit,
...- und triebhaften Enthusiasmus aus ihm spüren!

„Ihr solltest es nicht tun?
Wie Ihr wisst, ist er nicht gut auf Euch zu sprechen!?"

„Seine Engel hat er auch nicht mehr unter Kontrolle!?
Solle er sich doch erst um die kümmern!?"
Luzifers Stimme erhob sich leicht.

„Ja, ...aber erst nachdem Ihr sie aufgewiegelt habt!!!"
Anklagend verteidigte Mikkael „Ihn".
„Ich habe doch recht mit meinen Ausführungen!?
-Mit den Menschen auf der Erde muss man anders umgehen!
Es kann nicht nur einen Himmel geben!?
Entweder er überlässt mir meine Forderungen oder ich werde mich endgültig gegen ihn wenden!!!

Mit machtvoller Stimme sprach er dann endlich aus, was er von langer Hand plante.

„- Ich werde „Ihm" seinen Patz streitig machen!!!
...- und ihn dann von seinem Throne stoßen!!!"

Jetzt war er nur noch feindselig!

Mikkael blieb stehen und blickte ihn durchdringend an.

„Ihr wisst aber schon, …-was dies für Euch bedeutet???
-Wenn Ihr euch gegen „Ihn" wendet,
- dann bekommt Ihr es auch mit mir zu tun!!?"

Drohend baute Luzifer sich jetzt vor Mikkael auf.
Seine Augen sprühten und blitzten.

Luzifers Hand tastete nach seinem Schwertgriff.

„Waget es nicht!?"
Mit einer fließenden Bewegung zog Mikkael sein Schwert.

„…"Skar" wird Euch richten bevor eure Klinge überhaupt ihren Gürtel
verlassen hat!!!"

Luzifer entspannte sich sofort und vollführte eine leichte Verbeugung.

„Nein, Mikkael,
…entschuldigt mein spontanes Handeln.
…mit Euch werde ich mich nicht messen!",
-seine Haltung entspannte sich.
„-Aber Ihr wisst, dass ich eine starke Allianz hinter mir habe!?"

Mikkael nickte.
„…Ja, - und das bereitet mir große Sorge!!!"

-und Mikkael wusste aber seither auch, dass er einen gefährlichen und
sehr impulsiven Gegner vor sich hatte.

…- es würde nicht mehr lange dauern bis zum „Krieg der Engel!"

- …aber einst waren sie Freunde!?!

57 (Genesis - Blood on the Rooftops)

Ein leichtes Scharren auf dem Dach weckte mich.

Ich hatte tatsächlich ein paar Stunden geschlafen!?

Ralf lag neben mir und schnarchte leicht.
Leise trat ich durch die offene Terrassentür nach draußen.

Mikkael stand vor der Terrasse in der feuchten Wiese und zielte mit einer selbstgebastelten Schleuder Richtung Dach.

Ich folgte seinem Blick.
-Die Krähe hüpfte leise krächzend auf dem Dach umher.

Es überschlug sie nach hinten, als sie der spitze Stein aus Mikkas Schleuder voll in die Brust traf.
Kein Laut war mehr von ihr zu hören und blutend fiel sie in die Regenrinne.

„Schnell Geralt Wolfsauge!
-Bringe mir die Hexenmeisterin her!
…-aber die kleine Eloa sollte dies nicht sehen!?"
Mikka schob die Bank unter die Regenrinne und stieg darauf.

Die Krähe flatterte noch leicht mit den Flügeln als er sie auf den Terrassenboden legte.
Ihr schwarzes Gefieder schimmerte durch das rötliche Blut.

Ich ging nach drinnen und machte leise die Tür zum Mädelszimmer auf.
Birgit und Josie lagen eng aneinander gekuschelt im Doppelbett.

Steffi auf der Schlafcouch.

Ich zog leicht an ihrer Decke.
„Steffi, …wach auf."
Sofort war sie hellwach, richtete sich auf und schüttelte ihre rote Flut an Haaren.

„Was ist denn?"

„Wir brauchen dich.
Aber sei leise,
-die Beiden schlafen noch,
-und sollen auch nichts mitbekommen!?!"

Sie stand schnell auf und zog sich eine Jacke über ihr T-Shirt und ging vor mir nach draußen.

„Geralt, -was ist los?"
Birgit hatte die Augen auf und flüsterte.

Ich schüttelte leicht den Kopf.
„Nichts beunruhigendes.
Bleib mit Josie noch hier drin,
-wir müssen etwas tun was ihr Beide nicht unbedingt sehen solltet!?"

„Ja klar!?,
- ich darf mal wieder nicht mit den „Großen" mitspielen!"
Beleidigt zog sie sich die Decke hoch und drehte sich zu Josie.

„Hhm!?",
ich ließ sie schmollen und schloss leise die Türe hinter mir.

Als ich auf die Terrasse trat,
hielt Mikka die blutende Krähe am Halse fest und drückte sie auf die Fliesen.
Steffi kniete daneben.

-Plötzlich stieß sie ihr ihre messerscharfen, geschwungenen Daumennägel in die dunklen Äuglein und schloss dabei die ihrigen!?
Sie holte tief Luft und murmelte dabei wieder etwas für mich unverständliches!?

„Was macht sie da?",
fragte ich Mikka,
-der mir sofort ins Wort fiel.

„…Seid leise und berührt nicht die Hexenmeisterin.
-Durch die Augen des Unheilvogels kann sie wahrnehmen was dieser
gesehen hat!?"

…okay?, - dachte ich bei mir.
Muss ich jetzt nicht unbedingt auch können?

Aber es konnte uns sicherlich von Nutzen sein!?

Nach gefühlt langer Zeit zog Steffi ihre Finger zurück und erhob sich.

„Das Gift meiner Nägel wird ihn schnell und endgültig töten!
-Aber wir müssen den Kadaver auf den Grund des Sees werfen.
Von dort können sie ihn nicht zurückholen!"

„Sprich Hexenmeisterin!
Was hast Du gesehen?"

Mikka nahm den jetzt leblosen Vogel und setzte sich zu Steffi.
Ich hatte das Gefühl sie sortierte sich kurz und mit geschlossenen
Augen fing sie an zu reden.
„Es sind drei!
-Drei Angstesser und der „Dunkle".
Sie tragen ihre Schlangenköpfe mit den Ziegenaugen,
- und Luzifer hat sich die Hörner der Macht aufgesetzt!"

Mikka schnaufte tief.
„Das ist nicht gut!
-Aber was ist jetzt noch gut???
Rede weiter!"

Drei???

-Wir hatten bisher nur zwei gesehen?
-Wo war der Dritte der Angstesser?

…ein weiteres Fragezeichen gesellte sich zu meiner inneren Unruhe!

„Zwei von ihnen und der „Dunkle" sind auf dem Weg hierher,
-und der Vogel hat ihnen unseren Aufenthalt verraten!"
Sie deutete auf die tote Krähe.

„Aber ich habe noch mehr durch seine Augen gesehen!?",
jetzt fing sie an zu zittern und ihre geschlossenen Augenlider zuckten.

„Ich habe die Clique in Senden am Waldsee beim Grillen gesehen, -
…wie sie gelacht, gegessen und Bier getrunken haben.
-Ich hab das Bräustüble und das Elternhaus von Birgit aus der
Vogelperspektive gesehen!

… - und ich habe meine vermeintliche Mutter gesehen,
-wie sie alleine auf der Veranda unseres Hause saß!?"

Unter heftigem Zucken öffnete sie ruckartig die Augen!

„Sie werden alle sterben,
…-wenn es uns nicht gelingt sie aufzuhalten!?!"

58 (Pagan`s Mind - Supremacy Our Kind)

Erschrocken stand ich auf.

Ich wusste sofort wo der Dritte war!

„Wir müssen schnell zurück!
-Sie sind alle in Gefahr!!!
…und sie wissen nichts davon!"
-Eine plötzliche,
-unerwartete Wendung der Ereignisse.

Mikka stand auf.
„Wir dürfen nichts überstürzen!
Wir müssen weiterhin mit Bedacht handeln!?

-Luzifer weiß noch nicht dass wir den Krieger bei uns haben,
-und auch nicht dass Du die Hexenmeisterin bist!

-Er weiß noch nicht, dass die vier Elemente hier vereint sind,
…-um ihn wieder in sein Verlies zu verbannen!?!"

-Wer weiß was die Krähe „Ihm" noch alles geflüstert hätte!?,
dachte ich bei mir.

„Habt ihr ein Behältnis?",
die Frage Mikkas galt jetzt mir,
…-und er hielt mir den toten Vogel entgegen.

„Wir sollten diesen Unglücksvogel sehr schnell im Wasser versenken,
damit sie nicht aus seinen Eingeweiden lesen können!?
-Danach werden wir eure Kutsche packen und wieder in eure
heimatlichen Gefilde fahren!
Wenn wir ihnen entgegentreten, dann sollten wir sie alle gemeinsam
gegen uns haben!?
…-Und vielleicht verschafft uns diese neuerliche Flucht nochmals etwas
Zeit!?"

-Er klang sehr optimistisch und Steffi nickte.
Ich ging nach drinnen und suchte einen Müllbeutel.
Darin wickelten wir die tote Krähe ein.
-Mit vielen großen Steinen als Gewichte.

Ich setzte mich für eine Weile gedankenverloren an den Küchentisch
und kochte dann Kaffee.

Steffi und Mikka unterhielten sich noch auf der Terrasse und setzten
sich nach einer Weile zu mir.

Ralf war aufgewacht und kam in die Küche.

-Er hatte „Asi" dabei und ließ gekonnt die Klinge über seine Finger
wirbeln.
„Ich hab` heut` Nacht noch lange geübt!
-Aber was haltet ihr denn für einen Kriegsrat???"

Mikka nickte ihm zu und erzählte ihm dann was wir vorher erlebt und
erfahren hatten.

…-und auch was wir jetzt machen wollten!?!

Die Tür zum „Mädelszimmer" öffnete sich.

Birgit schaute durch den Türspalt zu uns an den Tisch.
„Kommt her, …leise und schnell!"

Wir standen auf und folgten ihr.

-Dünnes,
…hellblaues Licht schimmerte aus allen Ecken des Zimmers.

Josie hatte die Arme vor der Brust gefaltet und aus ihren Händen
strömte das hellblaue Licht.

Kaskadenartig breitete es sich in jede Ecke des Zimmers aus.

Sie schlief!?
Fasziniert beobachteten wir das „Schauspiel"!

„Sie beschützt sich selbst!"
Mikka flüsterte.

„Kein Dämon vermag diesen Zauber zu durchbrechen!
-Nur der „Dunkle" kann das!"

„-Und das werden wir nicht zulassen!!!",
ich blickte rundum und leise schlichen wir wieder aus dem Zimmer.

„-Apropos, … - Kaffee ist fertig!"

59 (IQ - Nothing at all)

Birgit setzte sich neben mich.

„-Und, -
was hat der Geheimbund angestellt,
-oder beschlossen?",
ihre Frage war ironisch gemeint, -klang aber immer noch beleidigt.

Als ich ihr aber alles erzählt hatte, -war ihr nicht mehr nach Witzen
zumute.

„Geralt, -was passiert mit uns?
In was sind wir hier hineingeraten?
Und,
-und wie soll ich mich denn verteidigen?
...Ich,
-ich hab` keine „Superkräfte!?

-Meine sprichwörtliche Schönheit,
-die ihr alle so in den Vordergrund spielt,
-wird mich nicht vor diesen Viechern beschützen!?!"
Es sprach Angst aus ihr!

...und dann sie sagte es wieder!?
- vollen Ernstes!!!

„Beiss mich!!
-Heute ist Vollmond!
-Beiss mich!!!"
Verzweiflung und Angst,
...-aber auch Ernsthaftigkeit und Hoffnung lagen in ihrer Stimme.

Sie vergrub den Kopf in ihren Händen.

60 (30 Seconds to Mars - Kings and Queens)

Ich nahm meine Kaffeetasse, stand auf und ging auf die Terrasse.

„...-Du, -du lässt mich schon wieder sitzen???"
Fassungslos blickte sie mir hinterher.

Nach kurzer Zeit folgte mir Steffi auf die Terrasse.
Sie setzte sich neben mich und klapperte mit ihren langen
Fingernägeln!

„Geralt!?,
ich möchte mich noch bei Dir entschuldigen.
-Die ganze Zeit über habe ich dich im Ungewissen tappen lassen,
-obwohl Du es als erster verdient hättest, -von meiner wahren Identität
zu erfahren!!!"

Sie legte mir die Hand auf die Schulter.

„Aber, …ich durfte mich vorher nicht zu erkennen geben, bevor wir
uns nicht ganz sicher damit waren!?!
Leider,
…leider war es dann aber für Josies Familie schon zu spät!!!"
Ich drehte mich zu ihr.
„Wir können es nicht mehr rückgängig machen!
-Aber es passiert so vieles was unverständlich und fremdartig für uns
ist.
Ich selbst bin ja das beste Beispiel dafür!!?

-Aber ihr, …Mikka und Du???",
„… -Ihr setzt noch einen drauf!!!"

Sie legte die Arme um mich und drückte mich fest.
„Wir kriegen das gemeinsam hin!
-Nur gemeinsam!!!
Es gibt keinen einsamen Wolf mehr!?
-Jetzt sind wir ein Rudel!!!"

Sie küsste mich auf die Wange und Birgit beobachtete uns dabei aus der
Küche!

61 (IQ - Unsolid Ground)

„Los, -Geralt Wolfsauge!
…Ihr kommt mit mir.
Wir müssen dieses Unheil loswerden!"
Mikka hielt die Tüte mit dem Vogel hoch.

„Ihr packt so lange die Kutsche, so dass wir schnell aufbrechen können."
Er blickte zu den anderen.
Auch Josie war in der Zwischenzeit aufgestanden und futterte genüsslich ein Schoko-Brötchen.

„Am besten kommt ihr uns unten am Bootsverleih abholen!?",
sagte ich zu Ralf.
Er nickte.
Birgit zog noch immer eine Schnute und ging mit Josie ins Mädelzimmer zum Packen.
Schnell liefen Mikka und ich den steilen Pfad über die Wiese zum Rottachsee.
„Wir werden uns eines der Boote kapern und zur Mitte des Sees rudern!?"
„Okay."
Ich lief hinter neben ihm her.

„Habt Ihr Jünger?",
fragte er mich dann.

„Was?"

„Habt Ihr Jünger?,
…eine Schar die um Euch sind???"

-Manchmal redete er wirklich in Rätseln!?

„Du meinst Freunde???",
entgegnete ich zu ihm.

Er nickte.

„Ja, ...-die Besten!!!",
war meine ehrliche Antwort.

„Dann solltet Ihr sie um euch versammeln wenn wir wieder zurück
sind!!!
Sie können uns helfen!?!"

-In Gefahr sind sie ja eh schon, ...-also stimmt!
Dann können sie auch helfen!!!
-Ich wusste nur nicht wie???

Die ersten dunklen Wolken schoben sich am Himmel zusammen und
es dauerte nicht mehr lange bis es zu regnen beginnen würde.

Auf der Wiese zum Bootssteg war niemand, -und es waren auch nur
zwei Fischerboote draußen auf dem See.
-Der Tretbootverleih hatte auch geschlossen.

Wir wurden von niemandem beobachtet, als wir eines der angebunden
Ruderboote losmachten.

-Mich fröstelte, und mir war als ob wir doch nicht alleine waren!?
Es lag auch wieder ein sehr unangenehmer Geruch in der Luft.

Auch Mikka hatte es bemerkt.
„Wir sollten uns beeilen!
Es liegt was in der Luft!?
-Zeig mir was du kannst!?"

Er setzte sich vorne vorsichtig an den Bug auf das kleine Holzbrett und
hielt mir die Ruder entgegen.
Den Beutel hatte er auf den Boden gelegt.
Er fühlte sich wieder nicht wohl auf dem wackeligen Boot.

Ich stieß uns mit einem der Ruder vom Bootssteg ab und begann
kraftvoll zu rudern.

Wir kamen schnell vorwärts.

Der Himmel war noch dunkler geworden und über den Bergen blitzte und donnerte es schon.

„Er ist hier!!!"
Mikka zeigte mit der Hand an mir vorbei zurück zur Anlegestelle.

Mein Blick folgte seinem ausgestreckten Arm.

„Luzifer" stand mitten auf der Wiese, eingehüllt in eine dunkle Rauchfahne.

Eine gebeugte, dunkle Gestalt lief aufgeregt zwischen ihm und dem Steg hin- und her.

Mikka stand auf, -und das kleine Boot fing an zu schaukeln.
Ich hatte mit Rudern aufgehört und versuchte das Boot auszutarieren, ließ „Ihn" aber dabei nicht aus den Augen.
Der „Dunkle" hob seine Arme und machte eine schnelle Bewegung nach vorne.
Seine Hände hatte er dabei schaufelartig geformt.

-Ich wusste sofort was er vor hatte!?
„Mikka, -setz dich und halte dich fest!!!",
rief ich ihm zu.
Wir waren knapp zehn Meter vom Ufer weg.

Es bildete sich eine hohe Welle und rollte auf uns zu.

Sie traf uns mit Wucht an der Seite und brachte das kleine Boot zum Kentern!

Wir wurden ins Wasser gespült und es bildete sich ein Strudel, der das Boot mitsamt dem Plastikbeutel nach unten zog.
Sofort löste sich die Welle auf und der See war wieder ruhig. Nur noch der Wind blies kleine Wellen vor sich her.

-Mikka!?

Wild um sich schlagend versuchte er sich auf dem Wasser zu halten. Immer wieder verschwand er für einen Moment und tauchte aber sofort prustend und röchelnd wieder auf.

-Sein Mantel und natürlich sein Schwert waren zu schwer für ihn.

Der „Dunkle" stand noch immer auf der Wiese, -hatte jetzt aber seine Arme wieder verschränkt vor der Brust.
Die andere Gestalt, -oder sollte ich sagen Wesen, -sprang jetzt auf den Steg.

Ich schwamm schnell zu Mikka.

Er griff nach mir, -aber ich schlug seine Hände weg.
„Du nimmst mich nur mit nach unten!
-Zieh deinen Mantel aus und gib ihn mir!"
Ich zog „Skar" über seine Schulter.
„Nein!",
schrie er mir in Panik zu.

„Du kriegst es ja wieder!!!
-Aber jetzt zieh deinen Mantel aus, wenn du nicht ertrinken möchtest!"
Er spürte dass es mir todernst war!

„Danach breitest du deine Flügel wie ein Segel auf dem Wasser aus und paddelst dann zum Ufer.
Ich werde deinen Mantel und „Skar" sicher zum Steg bringen!"

Unter anstrengendem Wassertreten half ich ihm aus dem schweren Mantel, -legte ihn mir um die Schultern, - und langsam schwamm ich mit Skar wechselweise in Händen, Richtung Bootsanlegestelle.

Tatsächlich breitete er jetzt sein weißes Gefieder über dem Wasser aus. Wie eine Schwimmhilfe hielt es ihn an der Wasseroberfläche.

„Es funktioniert,
-ihr seid auch ein intelligentes Geschöpf?, ...Geralt Wolfsauge!!!",
rief er mir zu, ...schluckte aber immer wieder etwas Wasser dabei.

Wie im Schwimmkurs paddelte er jetzt mit den Füßen und kam in einiger Entfernung hinter mir her.

62 (Nightwish - Last of the wilds)

Mit einem metallischen Klirren warf ich „Skar" auf den Steg und den schweren Mantel hinterher.
Dann griff ich die kleine Reling, die von oben ins Wasser führte und wollte mich nach oben ziehen.

Doch plötzlich drückten mich zwei kräftige Arme?,
...Gliedmaßen?,
...Tentakel zurück ins Wasser?
Ich schaute hoch und holte noch einmal tief Luft, bevor ich getaucht wurde.

-Rudi!!!

...Rudi???

Das konnte doch nicht sein!?
Rudi lag bäuchlings auf den Planken und drückte mich unter Wasser!?

...Panik!!!
-Nein, ...-keine Panik!

Erinnerungen kamen blitzschnell auf!?

Ich träumte nicht,
...-und ich war auch noch nicht tot!!!

Nein!!!

-Es war einer der „Angstesser",
...-„Gestaltwandler" wie sie auch von Mikka genannt wurden, ...- und es hatte die Gestalt von Rudi angenommen!

…aber viele kleine spitze Zähne,
…-wie die eines Piranhas,
- klapperten mir aus Rudis Mund entgegen.

Es machte nur einen entscheidenden Fehler!?

-Es wollte noch etwas „spielen"!!?

Langsam zog es mich wieder etwas aus dem Wasser zu sich her, so dass
ich prustend nochmals Luft holen konnte.

Es grinste mich aus Rudi`s Konterfei an.

Ich schrie ihm ins Gesicht!?
„Ich werde dich töten!!!",
und spuckte dabei Wasser aus.

Mit tiefer, -gutturaler Stimme sprach es aus Rudi`s Mund.

„Niemand!,"
das Wesen? …Rudi?? …- schüttelte dabei leicht den Kopf.
„Nein!!!,
…-kein menschliches Wesen ist in der Lage mich zu töten!!!"
Weitere Geräusche drangen aus seiner Kehle,
…es hörte sich an wie Lachen!?

Wieder wurde der Druck auf meinen Schultern stärker. Es hielt mich
unerbittlich fest.

Dann tat ich etwas mit dem es nicht gerechnet hatte!?

Ich atmete ganz kurz flach ein,
-dann gab ich seinem Druck nach und liess mich etwas nach unten
gleiten, -bis ich den Grund unter mir spürte.

Mit einem kräftigen Abstoß meiner Beine katapultierte ich mich nach
oben und schoss vor seinem Gesicht aus dem Wasser.

Glühende, -gelbe Augen blitzten ihm jetzt entgegen.
Eine weit aufgerissene Schnauze mit einer Vielzahl an messerscharfen
Zähnen näherte sich blitzartig seinem Gesicht.

Lange Reißzähne schlugen in seinen Hals und mit meinen
klauenbewehrten kräftigen Armen packte ich es am Körper und riss es
vom Steg.

Es nahm sofort wieder sein „normales!" Aussehen an und seine
schlangenartigen Haare wirbelten wild umher.
Die „Ziegenaugen", -wie Josie diese nannte, -waren weit aufgerissen!

Mit einem quiekenden, angstvollen Aufschrei klatschte es neben mir
ins Wasser.

Meine Kiefer lösten sich und nur noch meine Klauen hielten den
„Angstesser" fest.
Er wand sich hin und her, -und jetzt spürte ich Panik in ihm!

Ich hatte eines meiner Beine um die eiserne Reling geschwungen und
nutzte diesen Widerhalt um es unerbittlich unter Wasser zu drücken.

Für einen kurzen Moment liess ich nochmals an die Oberfläche.
Dunkle Flüssigkeit lief ihm aus der tiefen Wunde am Hals, die meine
Reißzähne gerissen hatte.
Jetzt ungläubig und furchterfüllt starrte er in meine Augen!

„Du hattest vielleicht Recht,
... - kein Mensch kann dich töten!?",
meine Stimme klang tief,
-tödlich bedrohlich, ...-und ich genoss es ihm Angst zu machen!!!

„...aber ich bin kein Mensch!!!"

Ich liess ihm noch einen letzten ungläubigen Blick in meine Wolfsfratze
und drückte ihn dann vollends unter Wasser.

Alles „Leben?" wich schließlich aus seinem Körper und es begann sich
langsam aufzulösen!?

Graue Schlieren wanderten mit der leichten Wellenbewegung und der kleinen Strömung auf den Grund des Sees und verschwanden schließlich gänzlich.

Erst als ich tatsächlich nichts mehr zwischen den Klauen hatte löste sich die Spannung in mir.

Mikka war zwischenzeitlich am Ufer angekommen.
Er hatte seine Flügel wieder eingezogen und unseren Kampf aufmerksam beobachtet.

„Ihr seid wahrlich ein würdiger Wolf!!!,
…aber wo habt ihr „Skar" und meinen Mantel?"
Ich zog mich, -jetzt wieder in normaler Gestalt, an der Reling hoch und hob seinen Mantel und das Schwert auf.

Dabei blickte ich über die Wiese.
„Er ist fort!"
Mikka kam auf den Steg.

„Der „Dunkle" hat sich in eine Wolke aufgelöst,
-als ihr, …seinen Dämon am Halse,
-ihn ins tödliche Nass gezogen habt!"

Er schlüpfte in seinen Mantel und steckte „Skar" weg.
„Gut gemacht! …-und Danke!"

Wir schauten uns noch mal um und gingen dann schnell Richtung Parkplatz vom Bootsverleih.

63 (Presto Ballet - I`m not blind)

Birgit hatte ihren Rucksack als erste fertig gepackt und trat jetzt zu Ralf in die Küche.
Dieser verstaute die restlichen Lebensmittel und packte noch ein paar Flaschen Wein dazu.

„Ich schau` noch mal auf die Terrasse, -ob da noch was rumliegt!?"
Birgit schob die Türe auf.

Auf der Bank lag nichts mehr.
Lediglich ein paar kleine dunkle Blutstropfen der Krähe waren auf den
Fliesen zu sehen.

Aus den Augenwinkeln nahm sie eine Bewegung auf der Wiese wahr!?

Sie schaute auf.

Geralt kam auf dem Pfad durch die Wiese Richtung Terrasse gelaufen.
„Na das ging aber schnell bei euch!
-Wo ist denn Mikka?"

Keine Antwort,
… - aber er kam näher!?

Als Ralf Birgits Stimme hörte, trat er zur Terrassentüre.
-Er dachte sie hätte ihn etwas gefragt!?

Geralt war jetzt nur noch ein paar Meter von Birgit entfernt,
-und er ging schnell!

Ralf schob Birgit rüde hinter sich und stellte sich breitbeinig vor sie.
Seine Arme hielt er wie ein Revolverheld aus einem Western links und
rechts an den Hüften.

„Was?…?"…,
Birgit war überrascht.

„Schau zur Wiese am See!?",
flüsterte er ihr leise zu.
„Das ist nicht Geralt!!!"

Ihr Blick wanderte suchend nach unten.

-Tatsächlich!

Sie konnte Mikka und Geralt als kleine Gestalten erkennen, die jetzt an der Liegewiese des Sees angekommen waren.

„Aber…, -wer…?"

„Es ist einer von „Ihnen"!"
Ralf trat einen Schritt auf „Geralt?" zu.
„Er?", „Es?" war stehengeblieben.

Mit dunkler, etwas undeutlicher Stimme sprach „Es" dann.
„Gebt sie mir!!!"
Erssog dabei die Luft durch die Nase und seine Zähne klapperten.
„Du brauchst nicht so zu schnüffeln!!?
-Wir wissen wer du bist und wir haben keine Angst vor Dir!!!"
Ralfs Worte klangen entschlossen.

-Birgit war sich da nicht so sicher?!

„Du bist doch der, -der Angst hat!
-Sonst würdest Du dich doch nicht hinter einer anderen Person verstecken???"
Ralf wollte ihn provozieren und ging noch einen Schritt auf „Geralt" zu.
…-jetzt sah Birgit dass er „Asi" an seinen rechten Unterarm geschlungen hatte;
- so wie Mikka es ihn lehrte!

Langsam,
-wirklich ganz langsam zerfloss das Antlitz von Geralt`s Äußerem und brachte die wirkliche Gestalt des „Angstessers" zum Vorschein.

„Hässlich" war keine passende Beschreibung dafür!

Auf einem wabernden, schwarzen und muskulösen Torso thronte so etwas wie ein Kopf.
Umgeben von wilden, sich bewegenden schlangenartigen Haaren blickten hellgelbe, -ziegenartige Augen aus ganz tiefliegenden Höhlen.

Keine Nase,
-dafür zwei dunkle Löcher aus denen eine feine dunkle Flüssigkeit
tropfte.
Darunter ein lippenloser kleiner Schlund, mit vielen kleinen spitzen
Zähnen!

-Normalerweise furchterregend!!?

-Aber Birgit und Ralf hatten auch schon einiges furchterregendes
gesehen und erlebt!!!

Die Kreatur machte sich zum Sprung bereit,
...-aber Ralf beobachtete ihn ganz genau.
In dem Moment als es nach vorne sprang schubste Ralf Birgit nach
hinten,
- drehte sich dann blitzschnell zur Seite und vollführte eine kraftvolle
Aufwärtsbewegung mit seinem rechten Arm.

„Asi" blitze hell auf und schnitt eine tiefe Wunde in den Angreifer!
Dunkle Flüssigkeit lief jetzt aus ihr und färbte das Gras.
Etwas ähnliches wie ein Schmerzensschrei drang aus ihm.

Birgit hatte sich schnell aufgerappelt und lief zur Terrassentüre.

Eine Flut roter Haare stürmte an ihr vorbei!?!

Steffi hielt beide Arme ausgestreckt vor sich und stellte sich neben Ralf.
Dann formte sie seltsame Zeichen mit ihren Händen in die Luft und
flüsterte wieder unverständlich.

„Du kannst nicht an uns vorbei!!!",
rief sie dann mit fester Stimme.
„...Du nicht!!!"

Trotz seiner Verletzung setzte er nochmals zum Sprung an.
Aber eine imaginäre Druckwelle erfasste seinen hässlichen Körper und
schleuderte ihn ein paar Meter durch die Luft!

Anscheinend verwirrt und auch etwas benommen richtete sich die Kreatur langsam wieder auf.

Mit einem seiner Arme strich es sich über die Wunde, -leckte dann an der dunklen Flüssigkeit,
-drehte sich um und verschwand als kleine dunkle Wolke!?
Josie stand im Türrahmen und hatte alles beobachtet.

Birgit nahm sie an der Hand und sie gingen zu Ralf und Steffi,
-die noch immer ihre Arme ausgebreitet hatte und magische Kräfte aussandte!

„Er ist weg!"
Josie zog an einem von Steffis Armen.
„Er ist weg,
...aber sie werden es wieder versuchen!
Immer und immer wieder!!!"
Steffi entspannte sich.

„Puh, ...-das war knapp!
-Aber gut gekämpft Ralf!
Du hast schnell gelernt!!!"
Die Hexenmeisterin klopfte Ralf anerkennend auf die Schulter.

...und wiederum stand Birgit nur in zweiter Reihe!

Steffi eilte zu der Stelle an der Ralf die Kreatur verletzt hatte und riss die Grasbüschel aus, - auf welches die dunkle Flüssigkeit gelaufen ist.
„Das wird uns noch von Nutzen sein!"

In der Küche packte sie es in ein Einmachglas und verstaute es in ihrer Tasche.
Dann ging sie, ...wie wenn Nichts gewesen wäre, zurück ins Zimmer und packte ihre restlichen Sachen.

Birgit trat neben sie.
„Danke Steffi!
...und entschuldige dass ich an Dir gezweifelt habe!"

Steffi drehte sich zu ihr.

„...ich mag Dich auch!!!
...-aber schnell jetzt, ...-lasst uns fahren.
Geralt und Mikka warten wohl schon auf uns!?"

Ralf schloss noch die Terrassentür.

Keiner von ihnen blickte mehr zum See,
...so bekamen sie nichts von den Geschehnissen dort unten mit!?!

64 (David Bowie - Heroes)

„Was ist denn mit euch passiert?"
Birgit, Josie, Steffi und Ralf standen um`s Auto am Parkplatz und
blickten uns fragend entgegen, - wie wir mit nassen Klamotten auf sie
zu gingen.
„Geralt Wolfsauge hat mich noch kurz das Schwimmen gelehrt!!!",
fast alle grinsten darauf,
-nur Birgit war anscheinend immer noch beleidigt?

„Wir haben euch was Unglaubliches zu erzählen!",
sagte sie dann eifrig zu Mikka und mir.

„Erzähl es während der Fahrt!
Da haben wir Zeit genug!"
Ralf drängte uns zum Auto.

Er gab Gummi, -was sein Käfer hergab, und Birgit begann zu erzählen.

-Aber nicht als Heldentat,
...-sondern mit gehörigem Respekt und auch etwas Angst in ihrer
Stimme.

„Du hast es mit „Asi" verwundet?"
Mikka fragte Ralf, der sich aufs Fahren konzentrierte.

„Ja, ...quer über seine Brust!
-So wie Du es mir gezeigt hast!!!"

„Dann befindet sich seine dunkle Flüssigkeit sicher noch auf der
Klinge?
-Wo hast du „Asi"?"

„In meiner Tasche!
-Und ja, die Klinge ist dunkel von seinem „Blut"???"
Ralf nickte.

„Das ist gut!"
Mikka legte ihm von hinten die Hand auf die Schulter.

Steffi zog das Einmachglas aus ihrer Tasche.
„Ich hab` ein paar Büschel von dem Gras auf das es geblutet hat!"
Sie hielt es Mikka hin.
„Ja, ...das ist sehr gut! Es wird uns noch sehr hilfreich sein!!!"

Mikka und ich erzählten ihnen nicht was uns widerfahren war!

65 (Shadow Gallery - Victims)

Ralf parkte direkt vor unserem Haus.

„Der Krieger und Geralt Wolfsauge!
-Ihr kommt mit!
Die anderen warten in der Kutsche, -bis wir euch holen!"

Mikka gab klare Kommandos.

Schon vor der Haustüre konnte ich es wieder riechen.
-Altes Rasierwasser!

An der Türe hielt ich sie kurz zurück.
„Sie waren, ...-oder sie sind noch hier!?

Ralf, - du gehst in den Keller.
Ich werde nach oben gehen und Mikka sieht in der Küche und im
Wohnzimmer nach!"
Beide nickten kurz.

Leise schloss ich auf und langsam und vorsichtig gingen wir nach
drinnen.
Wie besprochen teilten wir uns auf.

-Jedes Zimmer sah aus wie nach einem Bombenangriff.

...Die Möbel zum Teil zerstört.
...-Bilder von den Wänden gerissen.
...-Betten umgeworfen und die Matratzen darauf aufgeschlitzt.

Es wurde das innere nach außen gekehrt!!!

-Aber es war niemand mehr da!
Man konnte sie nur noch riechen,
...-wenn man es konnte!?

Wir holten Birgit, Steffi und Josie herein.

„Ganze Arbeit!",
-die kleine Josie brachte es wieder einmal, - und zu unserer aller
Verwunderung auf den Punkt!

„Hier können wir auf keinen Fall bleiben!?"
Birgit stellte einen der wenigen noch ganzen Stühle in der Küche auf
und setzte sich darauf.
Josie hüpfte sofort auf ihren Schoß.

„Hhm!?",
nachdenklich lehnte ich mich an den Türrahmen.

„Vielleicht ist es genau das, was sie planen!?"

Mikka sah mich neugierig an.

„Was, -wenn sie wollen dass wir, …- zum Beispiel ins Bräustüble
gehen, …-oder in Birgits Elternhaus???
Du hast uns doch die Bilder der Krähe beschrieben?!"
Mein Blick fiel auf Steffi.

„Da ist was dran!",
entgegnete diese.
„Vielleicht ist es wirklich genau das was sie mit diesem Chaos hier
bezwecken!?"

„Die Kutsche muss weg und wir dürfen kein Licht machen!!!
Holt alle Matratzen in den großen Raum,
(…er meinte das Wohnzimmer!),
und ihr werdet dort euer Nachtlager bereiten!"
Mikka war schon wieder einen Schritt weiter.

„Krieger!,
…bring mir „Asi", -dass ich das Blut der Dämonen von ihm entfernen
kann und es für unsere Zwecke verwende!"

Ralf brachte ihm den Dolch.
Steffi nahm das Einmachglas mit den Gräsern und Mikka schabte das
getrocknete „Blut?" von der Klinge ins Glas.
Danach polierte er sie auf Hochglanz und träufelte wieder etwas
Weihwasser darüber.

„Geralt Wolfsauge und ich werden uns auf den Weg machen und seine
Jünger um uns sammeln!?!"
Ich nickte ihm zu.

Birgit verstand wieder gar nichts!

„-Kein Licht!!!",
Er ermahnte alle nochmals.

Birgit blickte mich an.
Ich ging zu ihr,
- dabei strich ich Josie über die Haare.

„Ralf und Steffi,
...-ihr passt auf alle auf, - so lange wir weg sind!"
Sie nickten mir zu.
„Nein, -bitte passt alle gegenseitig auf euch auf!
-Ihr seid mein Ein - und Alles!!!"

Ich küsste Birgit auf die Wange und ging mit Mikka nach draußen.

Ralf hatte noch schnell das Auto in die nahegelegene Tiefgarage eines
der Hochhäuser gefahren und kam jetzt zurück.
Er hielt „Asi" wieder versteckt in seiner Hand.

Mikka nickte ihm kurz zu.
„Bis später!?"
Unsere Hände streiften sich kurz und wir schlichen davon.

Wir hatten einen Plan!?
...-oder besser gesagt Mikka!

66 (Queensryche - Operation Mindcrime)

Es dämmerte als wir über Umwege am Bräustüble ankamen.

-Wir hatten versucht uns „unsichtbar" für eventuelle Beobachter zu
machen!?

Im Inneren brannte schon das Licht, und es wurde laut geredet.

Die „Jungs" saßen um den größten Tisch im Gastraum und ein Kasten
Bier stand mitten darauf.

Heike lief mit einer großen Platte, -auf der sie Wurst und Käse klein
geschnitten hatte, -zum Tisch und stellte sie ab.
In diesem Moment traten wir ein.

Für einen Moment wurde es still!

„Er kann es tatsächlich riechen!!?
Ich hab`s euch doch gesagt!
-Wenn Gerald das riechen könnte, wäre er da!!?
...-da ist er!!!"

Es war natürlich Fräulein, der auf seine eigene Art und Weise die Stille unterbrach.

Alle blickten uns verwundert an.
-...oder besser gesagt!?,
...-sie blickten Mikka an.

Einen komplett in schwarz gekleideten „Engel" mit einem langen Schwert auf dem Rücken!?

Wieder war es Fräulein.

„Okay, Wuchty, ...-jetzt mal ganz im Ernst!,
... - wie heißt die Produktion???
-"Jürgen, -Dämonenjäger!" ???"

Alle fingen an zu Lachen.

Wir traten an den Tisch.
Heike blickte mich fragend an.

„Kurzurlaub beendet?
...-und ist mein Kerl auch schon wieder da?"
Damit meinte sie Ralf.
Ich nickte und wandte mich dann an alle.

„Das ist Mikkael, ...-erster Engel des Herrn!
Macht jetzt bitte keine Witze mehr und hört mir genau zu!!!"

Wir nahmen uns jeder einen Stuhl und setzten uns zu ihnen.

Das Bier, -das Schaufel mir zuschob ließ ich unberührt stehen.

Gespannt hörten sie mir zu als ich ihnen erzählte was passiert war,
-und in welcher Situation wir uns jetzt befanden.

Natürlich blickten sie immer wieder zu Mikka.
-Dessen Blick wanderte immer wieder zu Fenster und Türe.

„Keiner von uns könnte diese Ausführungen von dir glauben,
…-aber nachdem was wir alles schon mit Dir erlebt haben…?"
Berber schaute zuerst mich an,
-und dann wieder Mikka.
„Geht es Ralf gut?",
Sorge lag in Heikes Stimme.

„Ja,…blonde Herbergsfrau!
…dein Ralf ist ein wahrer Krieger!
Er schlug einem der „Angstesser" eine blutende Wunde und brachte
uns mit seiner Kutsche wieder sicher hierher zurück!!!"
-Alle Augen richteten sich sofort wieder ungläubig auf Mikka.

„Der Typ ist ja der Wahnsinn!
-So einen will ich auch!!!"
Diesmal war es Schädel.

„Tja, die „Wolves-Gang" ist Vergangenheit.
-Ab jetzt sind wir das „Wolfs-Pack"!!!"
Fräulein setzte noch einen drauf.

„Also du lebst doch wirklich in einem Film!!?"
Berber schüttelte den Kopf.

Fräulein konterte.
„Ey, …glaubst du den Scheiß vielleicht?!?"

Wir ließen sie noch ein bisschen reden und witzeln, doch dann wurde
ich ernst.
„Jungs, …wir brauchen eure Hilfe, …-aber es kann schlimm enden!!!"

Wir eröffneten ihnen unseren Plan und verteilten klar und deutlich die
Aufgaben.

Danach war erstmal wieder Stille.

Ganz plötzlich stand dann Fräulein auf.

„Heißt das jetzt im Klartext,
-dass ihr uns für euren aberwitzigen Plan als Lockvögel benutzt???"
Laut und empört stellte er für alle die Frage!
-Wiederum kurze Stille!
„… - Okay!
-Bin dabei!!!"
Er nickte, nahm sich eine Flasche aus dem Kasten und setzte sich
wieder.

Alle anderen nickten auch.

„…es kann aber auch für alle von euch den Tod bedeuten!?"

Mikkael schaute in die Runde.

Entschlossen blickten sie zurück.

-Auch Heike!

Jeder wusste was er zu tun hatte.
Die Jungs nahmen leere Flaschen mit und gingen Richtung Kirche.

Heike kam mit uns.

67 (White Heart - Like a Candle)

Leise, -vorsichtig, -und trotzdem schnell schlichen wir zurück.

Josie schlief bereits auf einer Matratze im Wohnzimmer und Ralf, Birgit
und Steffi saßen in der Küche.
Sie hatten die Bank und den Tisch wieder aufgestellt.

Ralf hatte nicht damit gerechnet, dass Heike mitkommen würde!?

Es gab eine sehr herzliche und innige Begrüßung,
-obwohl ich dabei Ralfs Blicken entnehmen konnte, dass er sie gerne in
Sicherheit gewusst hätte!!!

-Aber wo war Sicherheit???
Alle waren wir in Gefahr!
...-und die Clique hatten wir nun auch noch vollends mit
reingezogen!!!

Und diese taten was Mikka ihnen aufgetragen hatte!!!

Sie liefen direkt zur Kirche!

Es war inzwischen dunkel und in ihrem Inneren sorgten nur noch ein
paar brennende Kerzen für ein stimmungsvolles Licht.

Sofort machten sie sich daran, die mitgebrachten Flaschen mit dem
Wasser aus den Weihwasserbecken zu füllen.
Die beiden am Eingang waren schnell leer und jetzt war das Taufbecken
vor dem Altar dran.

„Ah,!
...ähm, ...-Entschuldigt!??
...-kann ich euch vielleicht helfen?"
Der Pfarrer war aus der Sakristei getreten und schaute ihnen entgeistert
und fragend zu.

„Ja!,
...wenn sie schon so fragen!?"
Fräulein schaute dabei nicht zu ihm auf und schöpfte den Rest des
Beckens in seine Flasche.
„Habt ihr vielleicht noch mehr davon?"
Jetzt blickte er den verdutzten Pfarrer an.

„Ich kann euch noch Messwein bringen, -wenn ihr dafür auch
Verwendung habt!?",
dies war von ihm eigentlich ironisch gemeint!

„Okay,
-geht auch, ...-nehmen wir!!!"

Fräulein meinte seine Antwort ernst!

68 (Yes - State of play)

Ralf, Steffi und Birgit waren bis zu unserer Rückkehr auch nicht untätig gewesen.
Sie hatten genauso wie in Haag vor jedes Fenster und jede Türe ein kleines Glas (von den wenigen die noch ganz waren) mit etwas Weihwasser aufgestellt!

-Jetzt war es aufgebraucht!

„Deine Jünger bringen morgen frisches mit!".
Mikka blickte zu Ralf und wir setzten uns zu ihnen an den Tisch.
Dann fuhr er fort.

„Morgen werden wir selbst die Entscheidung herbeiführen!
Erzähle Du unseren Plan,
-Geralt Wolfsauge!?"

„Okay!",
ich räusperte mich.

„Wir werden morgen sehr früh alle gemeinsam zum Waldsee gehen.
Die Jungs werden auch da sein und bringen Weihwasser mit.
Es soll den ganzen Vormittag noch regnen, -was uns in die Karten spielt!
-Die „Angstesser" hassen Wasser!
Und auch die Reichweite „Seiner" Macht ist dadurch eingeschränkt!"

Heike sah mich zwar fragend an, -aber sie unterbrach mich nicht!

„Birgit wird mit Josie auf den Steg gehen.

-Dort haben sie den See im Rücken und wir werden uns davor
aufteilen.
Es sind ja nur noch zwei von den „Angstessern" übrig, -und einer
davon ist durch „Asi" verwundet!"

Birgit mischte sich ein.
„Wieso sind nur noch zwei von ihnen übrig?
-Es waren doch drei!?"
„Erzähl Du es ihr Mikka!",
forderte ich ihn auf.

Er tat wie ihm geheißen.
Danach war Birgit noch mehr angefressen!
„Warum erzählst Du mir so was nicht?",
sie zischte mich an.
„Du, ... - nein Ihr hättet tot sein können!!!"

Ich nahm ihre Hand.
„Tut mir leid,...-ich wollte Dich nur nicht noch unnötig verängstigen!?"
...-Wow,
...-jetzt ging sie ab wie „Schmidt`s Katze"!!!

Sie stand vehement auf und verschaffte sich Raum.

„Sagt mal alle,
...-denkt ihr denn ich bin aus Wachs???
-Ein Modepüppchen ohne Rückgrat???"
Sie holte nicht mal Luft.
„Ich hab vielleicht schon mehr mitgemacht als viele hier am Tisch!
-Behandelt mich nicht als ob ich Luft wäre und nur als Josie`s
Kindergartentante dabei bin!
-Da könnt ihr euren Dämonenscheiß gleich alleine machen!!!"

Das hatte gesessen!

„Schaut mal zu wie Ihr das heute Nacht wieder gut macht!?",
Mikka beugte sich zu mir und flüsterte..
„Wir brauchen sie morgen dabei!?"

„-Und Ihr!!!,",
Birgit deutete mit dem Finger auf Mikka.
„ ...-hört auf zu flüstern!!!
Sagt es laut wenn Ihr was zu sagen habt!?!"

Er schaute sie daraufhin bewundernd an und fragte sie dann:
„ -Habt Ihr noch Wein?!"

Birgit kramte aus der Lebensmittel zwei Flaschen vor und knallte sie
auf den Tisch.
Dann setzte sie sich wieder und schnaufte hörbar aus und ein.
„So, -das musste jetzt mal sein!"

69 (Rammstein - Engel)

Jeder von uns nahm daraufhin einen Schluck und ich durfte mit
unserem Plan für morgen fortfahren.

„Wir haben das „Blut" von dem verletzten „Angstesser",
-und Schaufel wird es auf ein Zeichen von Mikka mit Weihwasser
überschütten.
Es wird der Kreatur sehr große Schmerzen bereiten und es in seinen
Bewegungen und seinem Vorhaben behindern.
Vielleicht gelingt es uns sogar dann es zu töten!!?"

Ich holte tief Luft und Heikes Blicke klebten an meinen Lippen.

„-Aber denkt alle daran,
... - nur Mikka oder ich können diese Dämonen töten.
Kein Mensch ist sonst imstande dazu!

-Ihr,"
dabei blickte ich Birgit, Ralf, Heike und auch Steffi an.
„...ihr könnt sie nicht töten!!!
-Aber sie euch!!!"

„Ihr wart ein sehr guter Zuhörer!"
Mikka stand auf und nickte zustimmend.

„Und was, wenn sie nicht kommen?"
Birgits Frage war an Mikka und mich gerichtet.

„Sie werden kommen!
…-so sicher wie euer „Amen" in eurer Kirche!!!"
Mikka kam mir mit der Antwort darauf zuvor.
Und dann wandte er sich wieder an mich.

„Deine Jünger werden es mit der Angst zu tun bekommen, wenn sie die
Dämonen vor sich sehen werden!!!
-Aber das ist gut so!
Auch dies wird die Dämonen ablenken!
…-denn am liebsten würden sie sich auf sie stürzen, und nichts außer
ihrer Kleidung von ihnen übrig lassen!!!"
Er sagte es mit Nachdruck!

„-Umsicht, …-Bedacht, …und Schnelligkeit sollen unsere Helfer sein!
„Skar" und „Asi", - sowie die Pranken und Zähne des Wolfs werden sie
dann töten!!!
Es wurde wieder still und nach einer kurzen Pause fuhr er fort.

„Die Hexenmeisterin und ich,
… - wir treten Luzifer entgegen!
-Geralt Wolfsauge und der Krieger werden uns dabei seine Dämonen
vom Leibe halten!?

Dann werden wir „Ihn",
-mit der Kraft der „vier Elemente" in den Schlund seiner Hölle
zurückstoßen und das Verlies für weitere tausend Jahre versiegeln!!!"

Keiner von uns konnte so richtig an das glauben, was wir soeben
besprochen hatten!
-Aber auch niemand von uns fiel etwas Besseres ein!!?

Steffi lackierte gelangweilt wieder ihre Fingernägel.

„In was sind wir hier nur wieder hineingeraten?"
Heike flüsterte es Ralf ins Ohr,
...aber Mikka und ich konnten es hören.

„In einen Krieg der Engel!!!"

70 (Sylvan - Your Source)

Ralf saß mit Heike auf einer Matratze im Wohnzimmer und sie redeten leise.

Josie schlief tief und fest!

Mikka lehnte am Aufgang der Kellertreppe und rauchte.
-Ralf hatte ihm eine „spezielle" gedreht.

Birgit und ich waren in der Küche am Tisch.

Steffi saß im Eck, -und jetzt schärfte sie ihre frisch lackierten Nägel mit einer kleinen Feile.

Wir hatten die Rolläden unten und ein kleines Teelicht angezündet.

Mikka trat herein und öffnete eine weitere Flasche Wein wieder auf seine Weise.
Er stellte sie mitten auf den Tisch.

-Schon komisch, dachte ich bei mir?
Er schläft nicht,
-isst kaum etwas,
-aber Trinken kann er!?

„Mikka,
-wie lange gibt es den Himmel schon?",
ich stellte ihm die Frage.

„Was denkt ihr???“,
war seine Antwort.
„Hhm?“,
ich überlegte.
„… - keine Ahnung!“,
antwortete ich ihm.

„Seht ihr, … - genau so lange !!!“
Er wandte sich Birgit zu.

„…Was ist mit Euch schöne Birgit?
-Ihr hattet Recht mit dem was ihr vorher zur Rede gebracht habt?!
Aber es schlummert doch noch mehr in Euch???“

Mit seinen blauen Augen fixierte er sie.

„Ja stimmt!
Gut beobachtet Mikka!“

Sie spielte mit dem silbernen Amulett um ihren Hals.
„Ich bin nicht traurig,
…-sondern nur enttäuscht!“

„Sprecht nicht in Rätseln?
Sagt was euch bedrückt!!!“
Er nahm die Flasche und trank einen großen Schluck.

„Wisst ihr?, (wieder siezte sie ihn!?)
ich fühle mich wie das fünfte Rad am Wagen!?
Jeder von euch hat eine Aufgabe,
…-eine Bestimmung???
…-besondere Kräfte!
… -aber ich???“

Er griff ihre Hand.

„Verzaget nicht schöne Birgit!

Noch bevor es wieder Abend wird,
-wird Eure Bestimmung Dich finden!!!"
(er duzte sie darauf!)

Sie nickte ihm zu, -
nahm die Flasche hoch und prostete ihm zu.

„Darauf trinke ich!"

- 4 -

Luft

71 (Paul van Dyke - Forbidden Fruits)

Auch diesmal wurde es wieder Morgen.

Der Himmel war grau in grau und es regnete.

-...Kein schöner Tag zum Sterben!?

Es war kurz vor halb Sieben als wir uns fertig machten.
Die Jungs wollten um sieben Uhr am See sein.

Heike wollte unbedingt dabei sein,
-ließ sich von niemand davon abbringen,
...-und so wurde es in der „Kutsche" noch enger!

Ralf parkte an der Eislaufanlage.

Jeder „sortierte" sich noch einmal nach dem Aussteigen.

Mikka schaute uns allen fest in die Augen.
„Bereit??"

Alle nickten,
-wenn auch mit einem dicken Kloß im Hals.

Josie ging ohne überhaupt ein Wort zu sagen neben Birgit an der Hand.

Sie hatte den ganzen Morgen noch nichts gesprochen.
-Sie wirkte irgendwie konzentriert und auch ein bisschen abwesend.

-Wie wenn sie in ihrer eigenen kleinen Welt wandelt!?

Wir gingen nicht die kleine Schotterstrasse zum See, sondern folgtem
dem kleinen Pfad durch den Wald, der auf einem kleinen Damm zur
Liegewiese führte.
-So konnten wir über die Wiese und zum Wasserwachthaus blicken,
bevor man uns von dort sehen konnte!

Die Wasseroberfläche des Sees wurde nur durch die Regentropfen gestört, die tausendfach kleine Kreise auf ihr bildeten.

Wir verließen den Pfad und traten hinaus aus dem Wald..
Jetzt waren wir ungeschützt!

Das kleine Wasserwachthaus hatte ein Vordach.
Unter diesem hatten sich die Jungs versammelt.

Es waren tatsächlich alle da,
-und außer ihnen,
- Gottseidank niemand sonst!

Schaufel, Berber, Schädel und natürlich Fräulein.
-...Und sie waren bewaffnet!

Schaufel hatte das Glas mit dem getrockneten Blut vor sich gestellt und hielt eine gefüllte Spritzpistole in der Hand.

Auf dem Rücken von Fräulein befand sich ein Behälter, der aussah wie ein Feuerlöscher.
An ihm führte ein Schlauch zu einem Zerstäuber, den man zum Desinfizieren von Bäumen und Hecken benutzte.

„Man muss sich nur was einfallen lassen!",
war sein Kommentar dazu.

Berber hielt so etwas ähnliches wie ein Paintball-Gewehr in Händen, auch aus Plastik.
-Und Schädel stützte sich auf einen schön lackierten Gehstock mit großem, gebogenen, -silbernen Griff!??

„Hab` nichts besseres gefunden!?"
(...-der wird doch damit nicht auf mich losgehen??? ...war dazu mein Gedanke!).
...und eine volle Flasche stand vor ihm!
(Weihwasser, -oder doch schon ein Bier zum Frühstück??? ...ein anderer Gedanke!)

Wir begrüßten uns kurz und besprachen noch einmal konzentriert unser Vorgehen!
Mikka und ich spürten ihre Unsicherheit und auch ich konnte jetzt ihre Angst riechen.

-Aber plötzlich war da noch ein anderer Geruch!?

Sie waren da!

-So schnell hätte ich nicht mit ihnen gerechnet!?

Ich blickte zu Mikka,
-auch er sog tief die Luft ein und nickte mir zu.
Instinktiv drängten sich die Jungs enger zusammen.

„Ihr bleibt erstmal da!",
damit meinte er meine Jünger.
„-Und denk an mein Zeichen!",
das galt Schaufel.
Dieser nahm sofort das Glas auf.

Auch Heike stellte sich zu ihnen, was Ralf recht war.

„Schnell, ...-auf den Steg.
Geht bis ans Ende!"
Ich schickte Birgit und Josie los.

Diese liefen Hand in Hand los.

...-ein leichtes Kratzen auf dem Dach!?

Ich ging zwei Schritte zurück um zum First zu sehen.

Einer der „Angstesser",
-es war der Unverletzte,
...saß ganz oben,
-klapperte komisch mit den scharfen kleinen Zähnen und blickte boshaft auf uns herunter.

Ralf, Steffi, Mikka und ich gingen noch ein paar Schritte zurück, - fast bis zum kleinen Kiesstrand des Sees.
So konnten wir alles überblicken und hatten dabei den Rücken frei!

Mikka und ich stellten uns nebeneinander in die Mitte,
-auf Höhe des Stegs.
Steffi platzierte sich leicht nach vorne versetzt links von mir, und Ralf tat das gleiche auf der rechten Seite.

-Wie eine Abwehrreihe beim Fußball.
Libero, -Vorstopper, -linker und rechter Verteidiger.

Und die Jungs und Heike waren die „Auswechselbank!!!" !?

72 (Tanz der Vampire - Unendliche Gier)

Über den Pfad aus dem Wald, von dem wir gekommen waren,
-schlich nun der zweite der „Angstesser"!
Deutlich war die Wunde quer über seine Brust zu erkennen, wo Ralf ihn mit „Asi" verletzt hatte.

Auch er schnüffelte und klapperte dabei mit den Zähnen.

Heike und die Jungs konnten den auf dem Dach über ihnen bisher ja nicht erkennen, -aber diesen sahen sie nun!

Der Schreck fuhr ihnen in die Glieder, denn so was hatten sie bisher nicht mal im Film zu Gesicht bekommen.

-Aber alle hielten daraufhin ihre „Waffen" noch entschlossener.

Die Dämonen saugten ihre Angst regelrecht auf.
Aus ihren kleinen Löchern, -die ihnen als Geruchsorgane dienten-, lief wieder feine, dunkle Flüssigkeit.
Unruhig wiegte der „Verletzte" seinen Kopf hin- und her und beäugte uns aufmerksam.

Mikka zog „Skar", kniete sich nieder, sprach ein paar Worte und bekreuzigte sich dann.
Dann stand er entschlossen auf.

Plötzlich,
-wie aus dem Nichts???,
stand der „Dunkle" mitten auf der Wiese.

Der Himmel wurde noch ein bisschen dunkler und ein leichter Schwefelgeruch mischte sich mit der feuchten Luft.

Sein Gesicht war durch eine Kapuze verdeckt,
-aber links und rechts an seinem Kopf stießen rote, geschwungene Hörner durch den schwarzen Stoff.
Er war mindestens zwei Meter groß und hatte die Arme vor der Brust gefaltet.

Nur wir, -die vor ihm standen konnten sein Gesicht, -oder besser gesagt, seine wie Feuer lodernden Augen sehen.

Ich blickte für einen kurzen Moment zum Steg.
Birgit kniete neben Josie und hielt sie fest.

„Okay!",
dachte ich dann bei mir!
„Kein Verstecken mehr!!!"

Ich atmete einmal flach.
Meine Augen fingen an zu glühen und aus meinen Händen wurden Klauen.

Dann galt meine Aufmerksamkeit wieder dem „Dunklen".
Aber auch die anderen ließ ich nicht mehr aus den Augen.

„Nun denn!
-Luzifer!"
Mikka richtete sein Schwert auf ihn.
„Gehet zurück in euren Höllenschlund!!!"

Es war so etwas wie ein dunkles, hämisches Lachen von „Ihm" zu hören, und seine tiefe Stimme hallte über den See.

„Niemals mehr, Mikkael.",
jetzt veränderte sich seine Stimmlage.
-Wo es hier doch so schön ist,
...-und wir uns in angenehmer Gesellschaft befinden!?"
Er sprach es nicht sehr laut, ...-aber seine veränderte Stimme drang in jedes Ohr.

„Dann muss ich dich zurücktreiben!
-Zieh dein Schwert und kämpfe mit mir!?"
Auffordernd hielt Mikka ihm „Skar" und sein Kinn entgegen.

Luzifer lachte wieder.
„Nein,
-gegen Dich werde ich nicht mit dem Schwert kämpfen!
Für Dich lasse ich mir etwas Besonderes einfallen!?!"

Mit dem nächsten Satz trat er einen Schritt auf Mikka und mich zu.
Er holte mit einem Arm aus und warf Mikka eine unsichtbare Kraft entgegen,
-...die diesen sofort unbeweglich machte.
Begleitet von irgendwelchen unverständlichen Sprüchen!!!

...-aber anscheinend wirkten sie!?,
denn Mikka stand wie versteinert.
-Nur seine Augen rollten hin und her!

„Und denkst Du wirklich, -
mit deiner kleinen Armee aus lächerlichen Wichten kannst du mich und meine Dämonen aufhalten???"
Er sprach wieder leiser.
-...Gefährlich leiser!?

Die Zähne der „Angstesser" klapperten jetzt im Takt.

„-Zuerst werde ich ein kleines Spielchen mit euch machen!
Es wird euch gefallen???

-Uns zumindest!!!"
Er blickte kurz aufs Dach und dann zu dem „Verletzten".

„Ich werde es „Spiegelbild„.!!! nennen.
-Jeder von euch!",
mit einer Hand zeigte er dabei auf Mikka, Ralf, Steffi und mich.
„…-jeder von Euch bekommt ein Spiegelbild aus eurer kleinen
Truppe!"

Danach streckte er, -wie damals am See, -seine Hände Richtung Heike
und meinen „Jüngern" aus.

Der zweite der „Angstesser" hüpfte darauf vom Dach und schlich vor
ihnen gierig umher.

Heike erschrak mit einem Angstschrei und wich schnell zurück.
Schaufel wollte sich vor sie stellen, -ging einen Schritt nach vorne,
-wurde aber wie von einer unsichtbaren Macht zurückgeschleudert.
Das Glas, das er in Händen hielt, fiel dabei zu Boden und zerbrach.

Auch Schädel drängte nach vorne, aber ihm erging es genauso.

Der „Dunkle" hatte ein Kraftfeld um sie aufgebaut, dass sie nicht
durchschreiten konnten.

-Aber konnten die „Angstesser" hindurch???

Ralf, Steffi und ich beobachteten erstmal nur.
Wir wussten auch nicht was wir jetzt tun sollten?
Mikka???

„Weiter mit dem Spiel!",
rief Luzifer uns zu und zeigte mit einem seiner langen knochigen
Finger auf Heike.
Diese versteckte sich hinter Schaufel.
„-Ihr seid das Spiegelbild zur Hexenmeisterin!"
-Heike verstand nichts!
„Du,
-der du anscheinend der mutigste von ihnen bist!?"

Sein Blick glitt zu Schaufel.
„Ihr sollt der Spiegel zu Mikkael sein!"
Sofort wurde Schaufel genauso bewegungslos wie Mikka.

„Und ihr!",
jetzt war Berber dran.
„-Halb Mensch, -halb Wolf ist dein Spiegelbild!"
-Berber wusste nicht, ob er stolz darauf sein sollte!?

So langsam dämmerte mir, was es für ein Spiel werden sollte.

„Wir müssen ihm Einhalt gebieten!",
flüsterte ich Mikka zu, -in der Hoffnung dass er mich verstand!?

„Ein bisschen Geduld, -Geralt Wolfsauge,
-noch ist nicht die Zeit dazu.
...Er wird unvorsichtig werden!?!"
Dieser verstand mich nicht nur, sondern konnte auch noch flüstern!

Aber ich wurde immer unruhiger!

Der Finger des „Dunklen" wanderte jetzt zu Schädel.

„Der,
-den Mikkael den „Krieger" nennt, wird dein Spiegel sein.

-Und zuletzt Du,
...-der Du die Gesichtszüge eines Mädchens hast,
-du sollst der Spiegel der schönen Birgit sein!"
Damit meinte er Fräulein.

„Warts mal ab, ...-du langes Elend!!!
Du kannst mich nicht beleidigen!
-Auch wenn ich vielleicht nicht so aussehe,
...- aber ich bin der Gefährlichste von uns allen!!!"

Fräulein riss den Schlauch mit dem Zerstäuber nach oben und drückte
auf den Auslöser.

Eine breite Fontäne aus Weihwasser zischte aus dessen Spitze und ergoss sich über den „Angstesser" der nahevor ihnen kauerte.

Dieser quiekte unnatürlich los, ließ sich fallen und wälzte sich im nassen Sand.
-Anscheinend tat es weh!!!

-Und, die Barriere hielt nicht alles zurück!?

„Dann sollen die Spiele beginnen!",
grollte es jetzt aus derm „Dunklen", und er wandte sich wieder uns zu.

73 (Satellite - Fight)

Ich verstand jetzt was das „Spiegelbild" bedeutete.

Alles, was Mikka, Steffi, Ralf, Birgit und mir passierte,
-all dies passierte auch mit unseren „Spiegeln"!

-Und sie konnten nicht mal was dagegen tun!?
Sie waren hinter der unsichtbaren Barriere gefangen!

Luzifer hielt Mikka und somit auch Schaufel immer noch mit einer imaginären Kraft fest.

Dann sprach er zu mir und kleine Flammen loderten mir aus seinen Augen entgegen.
„Was kannst Du?
-halb Mensch, ...-halb Wolf!??",
hämisch blickte er mit seinen Feueraugen von oben auf mich herab.

„Hhm!?",
ich ließ mir mit der Antwort etwas Zeit.
„Ich kann Dich töten!!!",
sagte ich dann mit Nachdruck und erwiderte seinen Blick mit ebenfalls hell leuchtenden Augen.

Ein leichtes Grollen drang aus meiner Kehle und von meinen langen
Reißzähnen triefte es.
Ich ließ meine messerscharfen Krallen gegeneinander klappern, -wie
die „Angstesser" ihre scharfen Zähne.

„…-So was wie Dich hält man sich bei uns als Hund!!!",
er lachte wieder und jetzt wurde er auch zu mir beleidigend,
-aber ich wich seinem Blick keine Sekunde aus.

-Und aus meiner Unruhe wurde Wut und tödlicher Hunger!?!

Schnell wandte er sich dann von mir ab.

-Angst???

74 (Sylvan - In Chains)

Ein kleines Zeichen von ihm genügte und seine zwei Dämonen gingen
gierig auf uns los.

Das Weihwasser war nur von kurzer Wirkung, denn der eine schlich
mit gehörigem Abstand zu Fräulein jetzt um Ralf.

„Endlich!", -dachte ich bei mir!
Der „Verletzte" von ihnen umkreiste nun Steffi und geiferte sie an.

Diese stand unbeweglich da,
- den Kopf nach unten gesenkt und ihre Fingernägel klackten.

-Aber die „Hexenmeisterin" hatte in der Zwischenzeit ihren eigenen
Plan und drehte den Spieß um!?
Sie formte ebenfalls ein Zeichen in die Luft, streckte ihre Hand nach der
Kreatur aus,
-ballte dann eine Faust und zog diese dann langsam zurück.

Wie von Geisterhand gepackt wurde der Dämon auf sie zugeschoben.
-Der „Angstesser" wehrte sich sofort vehement dagegen.
Er stemmte sich nach hinten,
-...aber gerade das wollte Steffi erreichen!?

Sie blickte ganz kurz zu Schädel, -denn Schaufel war bewegungslos!
„Jetzt!!!", schrie sie laut!

Dieser verstand aber auch sofort und zögerte keinen Augenblick.
Er nahm die Flasche die am Boden stand und leerte fast den gesamten
Inhalt über die dunkle, getrocknete Flüssigkeit und die Gräser.
-...das getrocknete Blut des „Angstessers"!

Sofort fing auch dieser eigenartig zu quicken an und schüttelte sich.

Steffi löste ihre unsichtbaren Fesseln und der Dämon taumelte
rückwärts.
Halb fiel er hin, -halb riss Steffi ihn daraufhin um.
Und bevor er reagieren konnte war sie mit beiden Knien auf ihm!

Mit Wucht und ohne Gnade stieß sie ihm dann ihre frisch geschärften
Daumennägel in seine kleinen Ziegenaugen.
Ein schmerzerfüllter, gutturaler Schrei hallte über die Wiese.

-Aber Steffi kannte kein Erbarmen mit ihm!
Mit wallendem Haar drehte sie ihre Nägel in seinen Augen und aus
seinen hässlichen, kleinen Nasenlöchern spritzte die dunkle Flüssigkeit
über ihre Hände.

„...Ich kann dich leider nicht töten!!!
-Aber ich werde dich blenden und mein Gift wird dich für immer
lähmen!!!"

...man könnte meinen sie hatte Spaß dabei???
-Ja, ...-und dem war so!!!

Fasziniert!,
-manch einer aber auch schockiert!?,
verfolgten wir fast alle gebannt das Szenario!!!

Auch Ralf und ich konnten für einen Augenblick unseren Blick nicht
von ihnen abwenden,
-und wir ließen dabei den zweiten der „Angstesser" für einen kurzen
Moment aus den Augen.

Dieser nutzte sofort die Unachtsamkeit und stürzte sich mit voller
Wucht auf Ralf.
Es ging so schnell dass Ralf den Dolch nicht einsetzen konnte.
-Er biss Ralf in den Oberarm und mit einer seiner Gliedmaßen
schleuderte er ihn dann kraftvoll nach hinten.

Ralf schrie kurz auf,
...-was uns wieder zurückholte!,
-und prallte mit dem Kopf gegen die schmiedeeiserne Wasserpumpe.
Benommen blieb er liegen.

Schädel erging es in seinem „Gefängnis" genauso!
Er fiel rücklings gegen die Hauswand und sein Arm fing an zu bluten.

Ralf war sein „Spiegel"!
-aber Heike kümmerte sich sofort um ihn.

Doch der „Angstesser" hatte das Momentum noch immer auf seiner
Seite und sprang jetzt mich mit klappernden Zähnen an.
-Auch ich war abgelenkt.

Er schlug mir kraftvoll auf den Kopf und mit seinen vielen spitzen
Zähnen biss er mir immer wieder in die Brust.
Mit aller Kraft schleuderte ich ihn von mir, ging dabei aber in die Knie.

Blut lief mir,
-(...und auch meinem Spiegel Berber!), -über die Brust.
Mein Hemd färbte sich an vielen Stellen rot..

Jetzt war es keine Wut mehr!!!
-Nein,
...-jetzt machte es mich rasend!!!

-Aber ich hatte meine Sinne noch unter Kontrolle!
-Und schärfer denn je!!!

75 (Rush - Subdivisions)

Birgit beobachtete alles vom Steg aus.

„Du bleibst hier und rührst dich nicht vom Fleck!!!",
-schrie sie ungewollt, ...aber befehlend-, Josie an.

Diese nickte, ...-jetzt aber doch ängstlich!

Dann hastete Birgit in großen Schritten vom Steg, trat neben mich und half mir auf.
„Geralt?"

„Kümmer dich um Ralf!",
war meine Antwort und ich schüttelte mich kurz.

-Dieser lag noch immer benommen neben der Wasserpumpe im Sand.
Birgit lief zu ihm.

Ich verschaffte mir sehr schnell wieder einen Überblick.

Luzifer hatte noch immer Mikka in seinem Bann.

Birgit kniete neben Ralf, - der langsam wieder zu sich kam.

Die Jungs und Heike waren eingesperrt und mussten dem Geschehen tatenlos zusehen.
-Zwei von ihnen zwischenzeitlich auch etwas mitgenommen!?
Steffi kniete noch immer auf dem Dämonen und drangsalierte ihn,
-was diesem sichtlich nicht gut tat!!!
Sein Quicken war zu todesängstlichem Geschrei geworden!

... - aber?

-plötzliches Unwohlsein,

…-und ein flaues Gefühl kam in mir auf!

… -aber wo war jetzt der zweite der „Angstesser"???,

-der mich soeben noch angegriffen hatte!?

Ich hatte ihn aus den Augen verloren als ich ihn von mir warf.

…und sofort wusste ich wo er war!!?

Jetzt machte sich Angst in mir breit!

-Angst um Josie!!!

Nachdem ich ihn von mir geschleudert hatte, - hatte er sich ungeachtet von uns allen auf den Steg geschlichen.

Nur der „Dunkle" hatte es wohlwollend beobachtet, …-nachdem er registriert hatte, dass er wohl den einen seiner Dämonen verlieren würde!?

„Josie!?",

schrie ich laut und drehte mich blitzschnell um.

Birgit, die zwischenzeitlich Ralf wieder auf die Beine gestellt hatte, -blickte erschrocken zu mir und dann zurück.

Sie wollte losrennen.

Ich schüttelte wild mein Haupt und gab ihr mit einer Klaue zu verstehen, dass sie stehen bleiben sollte.

„Geralt hilf mir!",

schallte es mir nun zweistimmig entgegen.

Tatsächlich standen zwei Josies nebeneinander am Ende des Stegs.

Verwirrt blickte ich beide an.

Halb Mensch,

…-aber als bis in die Haarspitzen angespannter Wolf,

trat ich vorsichtig und leicht geduckt auf die Holzplanken.

Ich sog die Luft ein und schnüffelte aufmerksam,
-und meine gelb leuchtenden Augen wanderten zwischen beiden
identischen Ebenbildern hin und her!

Jetzt spielte der „Angstesser" mit mir!

Langsam schlich ich mich an sie heran und liess die „Zwillinge" nicht
mehr aus den Augen.
Ich war noch knappe zwei Meter von ihnen entfernt.
-Meine Gedanken drehten sich im Kreise!!!

Vertraue meinen Instinkten und meinen scharfen Augen!?,
redete ich mir ein.

„Geralt!?",
wieder sprachen sie mich beide gleichzeitig an.

Sie krempelten dabei die Ärmel ihrer Windjacken bis über die
Ellbogenbeuge hoch und streckten mir dann beide ihre kleinen, dünnen
Ärmchen entgegen.

„Geralt, … -hilf mir!!!"

In der Zwischenzeit wurden wir von allen beobachtet.

-Selbst Steffi hatte sich andersrum auf ihr Opfer gesetzt, -das jetzt
bewegungslos unter ihr lag.
-Nur noch sein Schreien war zu hören!

76 (Van Halen - Jump)

Auch der „Dunkle" beobachtete uns mit Genugtuung.

„Bring sie mir!!?",
schrie er und zeigte auf den Steg!
Triumph und Schadenfreude mischten sich in seiner Stimme.

In seinen Augen verstärkte sich das Lodern der kleinen Flammen,
-und er lockerte dabei für einen Augenblick ungewollt Mikkas
unsichtbare Fesseln und auch die Barriere.

Mikka spürte es sofort,
-nahm sein Schwert nach oben und rief laut meinen Namen.

„Geralt!!!"
Ich drehte bei seinem Ausruf meinen Kopf für einen Sekundenbruchteil
und erfasste sogleich die neue Situation.

„Mikka!?!
-Skar!!!"

Blitzschnell vollführte dieser eine Drehung und mit voller Wucht
schleuderte er mir „Skar" entgegen.

Ich verfolgte die Rotation des Schwertes in der Luft,
-schätzte die Entfernung,
-sprang dann hoch,
... und erwischte es mit einer meiner Klauen am Heft.

Noch in der Luft tarierte ich es aus und federte mit beiden Beinen
meine Landung ab.
Mit einer blitzsauberen Pirouette drehte ich mich dann um die eigene
Achse.

„Skar" schnitt mit meiner Bewegung,
...-wie die bei einer Bekreuzigung,
...-butterweich durch die von mir aus gesehen linke Josie.
... - von oben nach unten,
...- dann von rechts nach links!!!

Dunkle Flüssigkeit spritzte auf die andere kleine Josie.

-In Zeitlupe glitten die vier Teile des Dämons langsam nach hinten und
klatschten dann ins Wasser.

Sofort begannen die Überreste sich aufzulösen und verschwammen in grauschwarzen Schlieren mit den leichten Bewegungen des Wassers.

Sehr schnell war von dem „Angstesser" nichts mehr zu sehen!

77 (The Doors - This is the End)

Birgit rannte jetzt an mir vorbei und nahm die andere Josie in den Arm.
-Ihr kleines Gesicht und die Windjacke waren mit dunklen Spritzern übersät.

„...-das hat Geralt aber gut gemacht!",
sagte sie leise zu Birgit, die am ganzen Körper zitterte.
„Ja, -das war gut!!!"
Birgit blickte immer wieder zwischen Josie und mir hin und her,
-tastete sie dabei ab, -als wolle sie sich vergewissern dass es auch die echte Josie war!?

Aber ich hatte mich schon wieder umgedreht.

„-Nein, ... -nein!",
Der „Dunkle" schrie auf,
-auf einmal schwang ein anderer Unterton in seiner sonst so starken Stimme!?

Ich lief schnell zu Mikka.

Sein Schwert steckte ich neben ihn ins Gras.
„Jetzt werdet ihr meinen Zorn spüren!!!
-Schluß mit den Spielchen!!!",
der Satan reckte seine Hörner nach oben und diese fingen an zu glühen.

-Aber auch mir reichte „Er" jetzt!!!

„Ich werde ihn erstmal beschäftigen!
-mach was draus!!?",
...ich stupfte Mikka an, der sofort wieder verstand.

Die unsichtbare Barriere war ja aufgehoben und Mikka,
-so wie Heike und die anderen konnten sich wieder frei bewegen.

Ich hatte im wahrsten Sinne des Wortes,
...-die „Schnauze" voll!

Mit einem mächtigen Satz sprang ich den „Dunklen" an und hieb mit
meinen Klauen auf ihn ein.

Gleichzeitig zog Mikka „Skar" aus dem Boden und wandte sich Steffi
und dem blinden, gelähmten „Angstesser" zu.
Mikka holte weit aus und mit einem fürchterlichen Hieb trennte er dem
bewegungslosen Dämon den Kopf ab.
Sein Schreien verstummte schlagartig.
„Endlich Ruhe!!!",
war sein lapidarer Kommentar dazu.

„Schnell!",
-er rief es zu den Jungs.
„Gießt geweihtes Wasser auf seine Überreste!
-Aber lasst noch etwas davon übrig!"

Mit Begeisterung,
-aber auch noch etwas vorsichtig taten sie wie er ihnen geheißen!

-Vor allem Fräulein.
Er sprühte den halben Inhalt des Kanisters, den er noch immer auf dem
Rücken trug, über den Dämonen.
Auch der löste sich dann ebenfalls sehr schnell auf und es blieb nichts
über als schwarze Erde!

„So, und jetzt werden wir gemeinsam dem „Dunklen" die Aufwartung
machen,
-und dem Wolf helfen!?"
Mikka blickte ihnen alle kurz in die Augen,
-wischte die Klinge von „Skar" an seinem Mantel sauber und drehte
sich um .

Schaufel nahm Steffi kurz in die Arme,
-und dann folgten alle seiner Aufforderung.

78 (IQ - The enemy smacks)

Meine Kraft verpuffte ins „Nichts"!

Ich drang durch ihn hindurch wie wenn man über ein Lagerfeuer
springt.
Man spürt Wärme, -Hitze?, ... -aber sonst nichts greifbares!?

Wieder nahm ich einen neuen Anlauf.
Diesmal mit einer Finte!

Ich sprang zuerst nach links,
-drehte mich dann aber blitzschnell und wollte ihn mit Wucht zu Boden
reißen.

Er streckte mir sofort eine Hand entgegen und im Sprung wurde ich
aufgehalten.
Mein Hals wurde zugeschnürt und ich fiel röchelnd zu Boden.

„Geralt!?",
diesmal waren es Birgit und Josie!
Beide standen jetzt auch auf der Wiese.
Heike kam mit Ralf dazu.
Dieser hatte jetzt „Asi" in der Hand und wirkte entschlossen.

Ich wand mich unter Luzifers Griff, versuchte aufzustehen, bekam aber
keine Luft mehr,
...- er war sehr, sehr stark!
...-zu stark!!!

Siegessicher schwebte er über mir!

-Doch urplötzlich wankte er und seine hoch aufgerichtete Gestalt sank
zu Boden!?

Ich bekam wieder Luft und rappelte mich auf.

Mikka hatte „Skar" auf ihn gerichtet und auch Steffi streckte ihre Arme
gegen ihn aus.

-Beide murmelten wieder etwas unverständliches!?
Jetzt hatten sie ihn in ihrem Bann!!!

„Geralt, ...-Ralf,
...-helft uns!!!"
Stefii formte Zeichen in der Luft und Mikka fing mit irgendeinem
sonderbaren „Singsang" an.

Luzifer wand sich hin und her und versuchte sich zu befreien.
Flammen schossen aus seinen Augen und seine Hörner dampften.

„Du, ...",
Steffi`s Blick fiel auf Ralf,
-denn sie wollte ihre Arme,
-und somit ihre Macht nicht von Luzifer wenden.

„Du stellst dich hier in den Norden!
-Und richte „Asi" auf ihn!!!"
Ralf nickte leicht und hielt die Klinge vor sich.

„Geralt!
...-du stellst dich hier in den Osten und halte ihn in Gedanken fest mit
deiner ganzen Kraft!!!"
Ich wusste zwar nicht wie ich das anstellen sollte,
- aber ich konzentrierte mich einfach auf „Ihn!.

...aber all zu gerne hätte ich meine Reißzähne in ihn geschlagen!!!

Dann stellte sich Steffi in den „Süden",
- und Mikka stand im „Westen"!

Aus „Skar" sprühte ein helles Licht und richtete sich direkt auf den
„Dunklen"!

Dieser zuckte,
…drehte sich, …-und versuchte weiter aus unserem Machtquadrat zu
entkommen!?

-Aber wir ließen ihn nicht aus!!!

79 (Frost - Black Light Machine)

„Möge das Portal sich öffnen!?"
Mikka schrie es heraus.

Der Himmel verfinsterte sich noch mehr und dumpfes Donnergrollen
war zu hören.

Wir hielten ihn aus den vier Himmelsrichtungen fest.
-Die vier Elemente!!?

Er schrie, …, -er kämpfte, …, -er wehrte sich!!!
-Aber wir hatten ihn weiter unter Kontrolle!!!

Die Jungs blickten ungläubig von einem zum anderen.

„Sprüht einen Kreis aus geweihtem Wasser um uns!
-Schnell!
-Dann kann er uns nicht mehr entkommen!!!"
Mikka rief es befehlend zu ihnen!
Sofort schütteten, -sprühten, und leerten sie die Reste ihrer Behältnisse
im Kreise um uns.

Keiner von ihnen sprach ein Wort!

„Tretet nun alle aus dem Kreis!"
Mikka.

Wir traten einen Schritt zurück,
…-zurück über die geweihte Linie!

Die Erde öffnete sich mit einem Donnerschlag und ein Luftwirbel entstand über dem Schlund.

Luzifer wurde jetzt nicht nur von uns festgehalten, ...- sondern befand sich mitten im Sog.

„Haltet aus, ...-haltet aus!!!, schrie Mikka ins Donnergrollen.

-Unsere Kräfte ließen nach!

Mit einem letztem Aufbäumen versuchte sich der „Dunkle" aus unseren Fesseln zu befreien!
Das Feuer aus seinen Augen loderte auf uns zu und mit seinen Hörnern stieß er wie wild in die Luft.

Steffi trat wieder einen Schritt in den Kreis.
„Diesmal nicht!!!,
-du elendes Scheusal!
Du hast mir schon so oft Leid zugefügt!!!
...Nein!!!..
- diesmal nicht!!!"

Mit ihrer geballten Energie sandte sie ihm ihren aufgestauten Zorn entgegen!

...- Es traf „Ihn" wie einen Donnerschlag!!!

Er wurde umher geschleudert,
... - und das Feuer in seinen Augen erlosch!

-Aber auch Steffi,
...- die Hexenmeisterin, - sank in sich zusammen.
Sie war nun mit ihren Kräften am Ende.

„Er",
... , er aber wurde von dem Sog des Wirbels nach unten gezogen.

Langsam und zur Hoffnung und Freude von uns allen verschwand er in der dunklen Öffnung!

„Haltet darauf, …- und haltet durch!",
wiederum Mikka,
- der jetzt aber auch schon am ganzen Leibe zitterte!

Wir fixierten alle unsere letzten Kräfte auf „Ihn".
…- aber irgendetwas stimmte nicht?!?

Das Portal schloss sich nicht!?!

-Im Gegenteil!?

Dunkler Rauch und verpestete Luft strömte heraus.

…- Luzifer wollte wieder nach oben!

Ich blickte zu Mikka.
„Was haben wir falsch gemacht???",
…ich konnte nicht mehr reden!
…-aber er las meine Gedanken!!?

In seinen Augen erkannte ich Unverständnis!?,
-und auch er sank langsam und kraftlos in sich zusammen!

80 (Pagan`s Mind - The Celestine Prophecy)

„Das vierte Element?!?"

Ich blickte nach hinten.

„… - Das vierte Element!!!"
Birgit schrie es aus Leibeskräften.

Sie lief mit Josie an der Hand zu unserem Kreise.

„… - … -das vierte Element ist nicht Mikka,
…- sondern es ist Josie!!!"

Sie drückte Mikka rüde auf die Seite und stellte Josie auf seinen Platz.

Sofort breitete diese ihre kleinen Ärmchen aus,
… - und hellblaues, gleißendes Licht erhellte die Wiese und strömte
nach unten.

Der dunkle Rauch und der schwefelartige Gestank verflüchtigte sich
und zarter Rosenduft breitete sich aus.

Mit allerletztem Willen und der Hilfe der kleinen Josie richteten wir
nochmals alle unsere „Macht" und „Kraft",
-auf „Ihn" und den dunklen Schlund!

Und mit einem grellen Blitz,
…-gefolgt von mächtigem Donnerhall schloss sich dieser!!!

Sofort stieß Mikka „Skar" in die dunkle Erde!

Steffi trat neben ihn und breitete ihre Arme darüber aus.

In uralter Runensprache versiegelten sie nun gemeinsam Luzifers
Gefängnis für die kommenden tausend Jahre.

„-Kenaz,
-Hagalaz,
-Algiz,
-Tiwaz!"

Sie sprachen die stärksten Runen langsam ehrfürchtig aus!

Doch dann waren wir alle,
- … die wir nichts von höheren Mächten verstanden,
… -nur noch fasziniert von dem was jetzt geschah!!?

Mikka richtete sich auf.
-Er reckte sich!

Und dann breitete er sein strahlend weißes Gefieder über dem Siegel aus!

...- und die kleine Josie tat es ihm gleich!

Ihre Flügel waren winzig im Vergleich zu Mikkas!
...- aber sie erzielten die gleiche Wirkung!!!

Wir alle knieten nieder.

Wiederum hellblaues Licht umrahmte die Szenerie.

Josie flüsterte zusammen mit Steffi und Mikka in der unverständlichen Sprache!?

Dann blickten sie gemeinsam zum Himmel.

Dieser hellte sich sodann auf,
- und es hörte auf zu regnen!

Mikka bekreuzigte sich,
... - und ob wir es wollten oder nicht?,
... - diesmal taten wir es ihm alle gleich!!!

81 (Pendragon - The Shadow)

Niemand von uns,

- verstand???
- realisierte???
- oder konnte in Worte fassen,
...-was so eben passiert war!?

-Aber wir alle wussten???,
... - es ist nun vorbei !!!

Mikka rollte sich erschöpft rücklings ins nasse Gras und blickte zum Himmel.

Die Jungs hüpften und tanzten johlend um den geweihten Kreis, ...
- auch die etwas in Mitleidenschaft geratenen Berber und Schädel!

Heike und Ralf lagen sich in den Armen.

Schaufel trat neben Steffi.
„Wow, ... -du warst ne ganz schöne Furie!!!"
Sie küsste ihn.
„... - du weißt noch nicht alles von mir,
- und ich bin mir auch nicht sicher, ...ob du alles wissen möchtest???"
Sie lachte ihn an.

Ich setzte mich langsam auf und blickte mich um.

-„Wir haben gewonnen!!!",
dieser Gedanke manifestierte sich in mir.
-Meine Wunden waren mir egal und mit meinen Blicken suchte ich Birgit und Josie.

Mikkas Blick kreuzte meinen und er nickte stolz!

Birgit lief zu Josie,
- die noch immer unbeweglich über dem Siegel stand,
und drückte sie dann fest an sich.
„Wo ist Geralt?",
-es war nur ein leichtes Flüstern von ihr.

„Geralt!?,
...Josie!"
Birgit rief es mir entgegen.

Ich drehte mich um und Josie lief auf mich zu.

Schnell war ich wieder „Mensch"!

„Geralt!!!",
...-selten wurde ich von jemandem so umarmt wie just in diesem
Moment!!!

„Birgit komm auch zu uns!",
...-Josie winkte nach ihr.

Zu dritt lagen wir uns dann in den Armen.

„Geralt!, ...-Danke!!!"
Josies Augen strahlten.
„...-Danke dass du mich gerettet hast!"

Sie drückte mir einen fetten Schmatzer auf die Wange.
-Birgit schaute mich aber fragend an.

„Woher???,...
...wie hast du gewusst wer die wahre Josie ist???"

„... -Aber Birgit!!!"
Josie schüttelte den Kopf.
„- ich hab es ihm doch angezeigt!!!"
Sie krempelte wieder ihre Ärmel hoch.

„...- keine rötliche Narbe unter der Ellbogenbeuge!?",
- sagten wir gemeinsam zu ihr.

... - „Geralt Wolfsauge!!!",
war Birgits stolze Erkenntnis!

82 (Marillion - The great Escape)

„Tja, ...Äh, ... bis auf den Regen, -der aber jetzt auch aufgehört hat,
- ist es eine ziemlich trockene Veranstaltung hier!!?"

Diesmal war es aber nicht Fräulein, ...- sondern Schädel.

Mikka schwang „Skar" im Kreise, dass die Klinge durch die Luft pfiff.

-Sofort hatte er wieder alle Aufmerksamkeit!

„-Ihr alle!
...ihr alle habt dazu beigetragen, Luzifer wieder für die nächsten
tausend Jahre in sein Verlies zu verbannen.
Mein Dank und meine Ehrerbietung gebührt Euch!!!"
Er verneigte sich im Kreise und fuhr fort.
„-Geralt!?
Habt ihr noch von dem köstlichen Getränke???"

Er blickte zu mir und ich nickte.

„Dann lasset uns zuerst unsere Wunden lecken!",
er blickte uns alle der Reihe nach an.
„-danach von unseren Heldentaten prahlen!
...und dabei aber auch der Mutter von Geralt Wolfsauge,
-und Ralf dem Krieger gedenken!!!"

Für einen Moment schauten alle zu Boden.

Mikka warf noch einmal einen prüfenden Blick auf die verbrannte Erde
und das unsichtbare Siegel und sog die Luft tief durch die Nase.

Dann schulterte er „Skar" und schaute mich erwartungsvoll an.
„Was!?!",
fragte ich ihn.

„Worauf wollen wir noch warten?
...-unsere Aufgabe ist erfüllt!
Wo wollen wir feiern???"

„Wir gehen zu mir ins „Bräu".
Ralf blutete noch leicht aus einer Wunde am Arm. Ansonsten ging es
ihm wieder gut.

„Ich hab noch Bier im Keller,
…und dieses leckere Getränk für Mikka ist auch noch da!"
Wir lachten.

„Alles okay bei euch zwei?",
seine Frage galt dann Berber und Schädel, -die mit mir am meisten
abbekommen hatten.

Berber,
…-meinen „Spiegel", hatte es am schlimmsten getroffen.
Wie bei mir hatte er etliche Wunden über der Brust.
-und sein Shirt war wie mein Hemd blutverschmiert..

„Bekommst ein neues von mir!",
sagte ich zu ihm und legte ihm die Hand auf die Schulter.
„Und, …-tut mir leid dafür! …-Aber Danke!"

„Schon gut Wuchty!
…halb so schlimm!
-ein Mann ohne Narben ist ein Krüppel!!!"

-Jeder ging dann zu Josie und drückte ihr einen Kuss auf die kleinen
verschmierten Bäckchen.
Ihr gefiel es sichtlich!

„Also, -auf geht`s!.
Lasst uns gehen!"
Ralf hängte sich bei Heike ein.
Wir schauten uns alle nochmals um und gingen dann gemeinsam
Richtung Parkplatz.

„Ach!?,
Moment!?… - hab noch etwas Wichtiges vergessen!?"
Fräulein drehte sich um und lief nochmals zurück.

Wir schauten ihm fragend hinterher.

Er stellte sich breitbeinig über das Siegel.
Ich hörte wie er den Reißverschluss seiner Jeans öffnete.

-Ein feiner Strahl ergoss sich zwischen seinen Beinen.

„Was bedeutet es???",

Mikka fragte es in seiner unnachahmlichen Art.

Fräulein blickte über seine Schulter und antwortete.

„Nur ein ganz spezieller Gruß von mir für „Ihn!"!!!"

83 (Blue Oyster Cult - Don`t fear the Reaper)

Wir saßen alle um den großen Holztisch im Bräustüble.

Die Wunden waren gesäubert und Heike hatte den Verbandskasten gebracht.
Birgit hatte Josie in der oberen Wohnung kurz abgeduscht und frisch und strahlend saß sie jetzt mitten unter uns.

Die Jungs waren fasziniert von der Art und Weise, -wie Mikka die Weinflaschen öffnete,
…-und Josie übte sich daran!?

„Ich werd` mal etwas Mucke machen!"
Fräulein zog ein Markstück aus der Hosentasche und machte sich auf zur Musikbox, -die in der Ecke des Gastraumes stand.
Kurz darauf dröhnte „Don`t fear the Reaper" von BlueOysterCult aus der Box.

Schaufel stand auf.
Er blickte zu Ralf und mir.
„Der Tod eurer Mutter tut uns allen leid!
Und wenn wir,"
…er sprach für alle meiner „Jünger"!?
„…-wenn wir was für euch tun können?, … dann wisst ihr ja…!!!"

Ralf und ich nickten und bedankten uns.

Schaufel fuhr fort.
„Wir sind schon eine besondere Gemeinschaft!!?"
Jetzt blickte er rundum und hob seine Flasche.

„Lasst uns gemeinsam anstoßen.
Heute ist Montag!
Trinken wir auf?, ...den,?
...den -"Montagsclub" -!!!"

Wir schauten uns gegenseitig an, ...dann hielten wir alle die Flaschen
hoch.

„-Auf den Montagsclub!!!"

84 (Take That - The geratest Day)

Die erste Kiste war schnell leer.
-Aber Ralf hatte noch ein paar im Keller!

Josie saß jetzt mitten auf dem Tisch und prostete mit ihrer Saftflasche
jedem zu.

Steffi hatte Schaufel im Arm und Fräulein bewegte sich rhythmisch und
trommelte immer wieder mit den Fingern auf den Tisch.
Birgit setzte sich neben Mikka.

„Gott sei Dank ist es vorbei!?!",
sagte sie.
„-Was hat „Er" damit zu tun!?",
Mikka schaute sie an.

„-"Er" hat Dich zu uns gesandt!!!
-...und ich Danke „Ihm" dafür.
Ich bin ein gläubiger Mensch!
...-und ich danke vor allem Dir, -dass Du schützend die Hand über die
kleine Josie gehalten hast, -und dies auch weiter tust!
-auch wenn wir Dir anfänglich nicht glauben konnten!?"

Sie nahm sein Gesicht in beide Hände und küsste ihn auf die Lippen.
-Es wurde ein langer Kuss.

„Hey, -hey, -hey!!?",
mischte ich mich jetzt ein.

„Geralt Wolfsauge!",
sagte er dann mit einem Augenzwinkern zu mir.
„So langsam finde ich Gefallen an vielen eurer irdischen Gebräuche!!!"
Dann wischte er sich mit dem Handrücken den Mund ab.

Er wandte sich wieder an Birgit.

„Und ihr,
…-Birgit, …-schöne Zauberin!?
Könnt ihr euch noch an meine Worte erinnern???
-Eure Bestimmung wird euch finden!!!"

Sie nickte.

„Ja, … die Bestimmung hat euch gefunden!!!
Ihr wart nicht das fünfte Rad am Wagen!?"

Jeder hörte ihm jetzt zu.
„Nur durch euren Verstand und euer schnelles Handeln wurde es uns
ermöglicht,
… -Luzifer, …-den „Dunklen",
…-Satan,
…oder wie immer ihr ihn nennen möget???, …
-endgültig in sein Verlies zu sperren und dieses zu versiegeln!!!"

Jetzt hob er seine Flasche Wein.

„Ihr seid von nun an

…-„Birgit die Weise„ !!!"

Mit leichter Röte im Gesicht hob sie ihr Glas, verneigte sich vor ihm
und stieß mit ihm an.

Stolz blickte sie dann in die Runde und Josie lachte ihr zu.
Dann rutschte sie auf dem Tisch vor Birgit.
Leise flüsterte sie ihr dann ins Ohr.

„Birgit?,
-ich möchte dass Du und Geralt jetzt meine Eltern seid?!?"

Birgit nahm sie vom Tisch, -drückte sie fest und flüsterte zurück.

„Wir werden Dich nie mehr hergeben!!
...-aber morgen geht`s wieder in Kindergarten!!!"

Josie nickte eifrig.
„Dann bau ich mit Cosima ne neue Burg!!!"

85 (Jon Anderson - All in a matter of time)

Fräulein stand auf und verschaffte sich Gehör, -in dem er zwei
Flaschen gegeneinander stieß!
-Die meisten der leeren Flaschen im Kasten gingen auf sein Konto!?
„Hiermit möchte ich etwas bekannt geben!?",
er versuchte Mikka zu imitieren.

„...Ich möchte euch mitteilen, dass ich morgen mit der Niederschrift
meines Romanes

-"Jürgen der Dämonenjäger"

beginnen werde!

Ihr sollet alle namentlich darin benannt werden und eure Heldentaten
dadurch weit in die Welt getragen werden!!?"

Er trank einen Schluck, -rülpste laut und setzte sich wieder.
Josie lachte.

Ich klopfte ihm auf die Schulter.
„-Fräulein?,
bevor das passiert werde wohl eher ich ein Buch,
...-oder vielleicht mehrere darüber schreiben!?!"

(...wie Recht ich doch damit hatte!...)

86 (Camel - Long Goodbye)

„Birgit! ... -Geralt!,
kommt mal mit!"
Mikka stand auf und wir kamen hinter ihm her.
Wir traten nach draußen.

Zwischenzeitlich war es Abend geworden und der Vollmond stand
in seiner ganzen Größe am Himmel.

Er drehte sich zu uns.

„Wenn ihr morgen aufwacht, ...-werde ich nicht mehr da sein!
-Meine Aufgabe hier ist erfüllt!
Josie wird irgendwann ihren vorgegeben Platze im Himmel
einnehmen!?

-Ihr, ...-ihr werdet sie bis dahin begleiten!
-Sie erziehen!
-Sie lehren!
-...und ihr viele Weisheiten mit auf den Wege geben!!!"

Er legte jedem von uns eine Hand auf die Schulter.

„Stolz erfüllt mein Herz!
-Birgit, die Weise,
-und Geralt Wolfsauge!
...Euch werde ich nicht vergessen!!!"

„Wir Dich auch nicht!!!
-Mikkael, erster Engel des Herrn!",
antworteten wir ihm gemeinsam.

...und tatsächlich konnten wir jetzt eine kleine Träne in seinen Augen erkennen!

87 (Styx - Fooling yourself)

Josie gähnte uns an als wir zurück an den Tisch kamen.

„Ich werd` mit ihr heim gehen!",
sagte Birgit zu mir.
„Werd` noch ein bisschen aufräumen und dann leg` ich sie schlafen."

„Hhm!
Okay, ...ich bleib noch ein Weilchen, -verabschiede die Jungs und helfe dann Ralf und Heike noch etwas.
-Aber ich komm nicht spät!"

Birgit schnappte sich Josie und sie winkten reihum.
„Wartet!
...wir kommen auch mit und begleiten euch noch!"
Steffi und Schaufel standen auch auf.

„Was ist`n mit euch los??? ...warum geht ihr so früh?"
Fräulein.

„Davon verstehst du eh nichts!!!",
kam als Antwort von Schädel, -und er und Berber lachten.

„Ach so!!!?
...-jetzt weiß ich warum!!?"
Fräulein wurde rot, -grinste,
-und hob mahnend den Zeigefinger,
...zeigte auf die Beiden und ging dann leicht schwankend wieder zur Musikbox.

„Wir bringen Fräulein nachher heim!",
sagten Berber und Schädel.

„Und wir kommen noch mit zu Euch und helfen noch etwas mit!!",
sagten Steffi und Schaufel zu Josie und Birgit.
„Au ja!" -rief Josie freudig zu Schaufel.
„Darf ich dann auf deinen Schultern reiten?"

Schaufel nickte.
„Klar doch Josie!"

Steffi strahlte ihn jetzt auch an.
„Darf ich dann heut` Abend auch noch auf Dir reiten???",
fragte sie ihn mit laszivem Augenaufschlag.

Birgit trat sie gegen`s Schienbein.
„Na, na, na! ... -nicht vor Josie!!!"

Sie grinsten sich gegenseitig an und Schaufel hob Josie auf seine
Schultern.
„Mikka!
...wir gehen!!!"
Steffi winkte ihn zu sich.

„-Hexenmeisterin!?!"
Er trat zu ihnen und verbeugte sich vor ihr.

„...Auch Du lässt mich jetzt alleine,
...-um Dich an irdischen Gelüsten zu erfreuen???"
Birgit boxte jetzt auch ihn und er blickte unverständlich?

„Ja Mikka,",
Steffi nickte.
„-Ich wandle weiter als „sterblich unsterblicher Mensch" auf der
Erde, ...-und werde Dir weiterhin als treue Verbündete zur Seite
stehen!!!"

„-So soll es denn sein!"

Sie drückten sich gegenseitig die Stirn aneinander.

Er wandte sich dann an Schaufel.
„Wie nennen sie dich hier?"

„Schaufel!!!",
-kam von uns im Chor,
denn wir hatten ihren Abschied verfolgt.
„Nein!?,
...-wie lautet dein wahrer Name?"

„Wolfgang!",
antwortete ihm Schaufel.

Mikka reichte ihm die Hand.
„Von jetzt an bist du,?
-Wolfgang, -der Standhafte!!!
...denn eine Ewigkeit musstest Du als Spiegelbild meiner, gegenüber
Luzifer ausharren und bist nicht umgefallen!!!
-Wahrlich, ...der bist du!!!"
„...-na hoffentlich heut Abend auch!?"
Steffi zog fragend die Augenbrauen hoch.

-Dafür gab`s von Birgit noch `nen Tritt.

88 (Marillion - Beautiful)

Ich verabschiedete mich mit einem ehrlichen Kuss von Steffi.

„Wir sehen und hören uns!?"
„-Auf jeden Fall!"
Sie zwinkerte mir zu.

Ich drehte mich zu Schaufel und drückte ihn.
„Mach nichts was ich nicht auch täte!?!"
-Jetzt bekam ich von Birgit auch eine ab.

Josie hüpfte schon ungeduldig auf seiner Schulter.

Mikka und Josie waren jetzt auf „Augenhöhe"!

Sie blickten sich an und wiederum wurden sie eingehüllt in eine hellblau schimmernde Aura.

„Eloa!?"

„...-Mikka!!!"

Strahlend helles Licht umgab sie jetzt Beide, - und wir alle starrten fasziniert zu ihnen.

In ihrer unverständlichen Sprache wechselten sie ein paar Worte, ...Sätze???,
- und Josie nahm dann seinen Kopf in ihre Hände, gab ihm einen feuchte Kuss auf die Wange und sagte zu ihm.
„ ... in vielen, vielen Jahren werde ich neben Dir gehen.
... - Und wir werden die Geschehnisse auf der Erde verfolgen!?
... - und wir werden gedenken der vielen Freunde und meiner neuen Familie!!!,
... - durch die ich hier Liebe und Leben erfahren darf!!!"

Selbst aus der Musikbox war Stille, ...-als sie diese Sätze sagte!

-Wow!

... -eine Sechsjährige mit philosophischer Ader!?

89 (Transatlantic - Dancing with eternal Glory)

Leicht angesäuselt,
...- nach vier Biers ,
machte auch ich mich müde auf den Heimweg.

Schnell bekam ich von der frischen Luft wieder einen klaren Kopf.

Mit Ralf und Heike hatte ich noch etwas aufgeräumt, -als die Jungs zusammen gegangen waren.

Mikka war irgendwann stillschweigend verschwunden, ...nachdem er jeden von „meinen Jüngern" noch stolz verabschiedet hatte

Ich ging diesmal die Hauptstrasse entlang.
-An einem stabilen Metallzaun war einer der kleinen roten Automaten befestigt.
Er war noch randvoll mit bunten Kaugummikugeln und kleinen Schmuckstücken.

Ich kramte ein zehn Pfennigstück aus meiner Hosentasche und steckte es in den Automat.
Dann drehte ich schnell den schwarzen Knopf nach rechts und wieder nach links.
Es klapperte im Ausgabeschacht und auch ein leises metallenes Klirren war zu hören.
Ich öffnete die kleine Metallklappe und griff hinein.

Zwei mit Zuckerglasur überzogene Kaugummikugeln,
-eine gelbe und eine rote kamen zum Vorschein,
...-und ein kleiner, goldfarbener Ring mit einem eingefassten,
-rötlich schimmernden „Edelstein"!?

Den Ring steckte ich ihn meine Hosentasche und die zwei Kugeln in den Mund.
Man musste kräftig draufbeissen,
-und es dauerte dann eine Weile bis durch den Speichel eine Kaugummimasse daraus wurde.
-Aber sie schmeckten nach Erdbeere und Limone, -und überdeckten den Biergeschmack!

Leise schloss ich die Türe auf.
Ich schaute zuerst in die Küche und dann ins Wohnzimmer.

Niemand!

-Aber die Matratzen im Wohnzimmer waren weg und es war auch etwas aufgeräumter als vorher.

Ich ging die Treppen hoch.
-Unter dem Türspalt zu unserem Schlafzimmer schimmerte schwaches Licht hindurch.

Vorsichtig und leise öffnete ich die Türe und blickte mich um.
In Ralfs ehemaligem Bett lag Josie,
-wieder einmal umgeben von einem bläulich schimmernden Glanz.
Sie schlief tief und fest!

Die Matratzen waren wieder in den Betten und frisch überzogen.

Birgit saß mit geschlossenen Augen im Sessel und hatte Kopfhörer auf.

„Awaken" von Yes.
-Ich konnte jeden einzelnen Ton hören.

Ich zupfte sie leicht am Ärmel und sofort hatte sie die Augen auf.
Sie nahm den Kopfhörer ab und legte ihn zur Seite.

„...Master of Images
Songs cast a light on you....",
dröhnte es aus den Ohrmuscheln.

Ich ging vor ihr auf die Knie und kramte dabei den Ring aus meiner Hosentasche.

-Überrascht, -liebevoll,
...aber auch mit freudiger Erwartung sah sie auf mich herab.

„Hey, ...schöne Birgit!
Willst Du meine Frau werden?"

Bevor sie antworten konnte, steckte ich ihr den Ring an den Finger.

Dann küsste ich sie sanft auf die Lippen.

Sie knöpfte mir das mit Blut durchzogene Hemd auf und streifte es mir über die Schultern.

Ihre Blicke glitten von meinen Augen, über meine Brust bis zu meinen Hüften,
- und blieben aber immer wieder an den noch frischen, rötlichen Narben hängen!?

„Ja, Geralt Wolfsauge,
… - ich will!!!

-… aber wie Du wieder mal aussiehst !?!"

Anmerkung des Autors:

-Was aus einer nächtlichen Eingebung mit einer Kurzgeschichte von vierundvierzig Seiten begann, steht nun nach dem vierten Buch und insgesamt über achthundert Seiten zu Papier geschrieben.

…-und wer weiß ???

-Vielleicht geht die "Saga" von Birgit und Geralt ja weiter!?